Die Autorin

„Lillith Inanna" leidet seit frühester Kindheit an einer posttraumatischen Belastungsstörung, die nach jahrelangen "falschen" Therapien erstmalig im Jahr 2014 diagnostiziert wurde. Im Verlauf der folgenden intensiven Therapie werden folgende Diagnosen nach ICD 10 erstellt:

Diagnose/n:
(komplexe) Posttraumatische Belastungsstörung (ICD 10: F43.1)
Dissoziative Identitätsstörung (ICD 10: F44.81)
Rezidivierende depressive Störung, gegenwärtig mittelgradige Episode (ICD 10: F33.1)
Selbstverletzendes Verhalten (ICD 10: F78)
Rezidivierende Suizidgedanken (ICD 10: Z91.5)

„Lillith Inanna" ist seit über 30 Jahren im sogenannten „sozialen Bereich" tätig. Der Schwerpunkt ihrer Arbeit liegt in der Betreuung und Förderung geistig beeinträchtigter Menschen. Seit nunmehr fünf Jahren bezieht sie allerding eine Rente wegen völliger Erwerbsminderung.

Weiterer Buchtitel:

„Wohin der Wind mich weht – Als ein Engel hassen lernte"

© 2019 Inanna, Lillith
Herstellung und Verlag: BoD – Books on Demand, Norderstedt
ISBN: 9783749480654

Inhalt

Therapie und Erfolge

Danke

Ausschnitte, Bilder, Einblicke

Vorwort

Es fällt mit – „Lillith" – nicht leicht, einen Anfang zu finden, denn ich werde über mich selbst schreiben. Welche Beweggründe gibt es für dieses Schreiben, was möchte ich überhaupt zum Ausdruck bringen? Vielleicht werde sogar ich erst im Verlauf meines Schreibens Erkenntnis darüber erhalten.

Das, was mir bislang bekannt ist, ist der Titel, der aus meinem „Inneren" gewählt wurde und den ich somit auch aufnehme. Aber wie sich nun, mit diesem Titel, der Inhalt dieses Buches gestalten wird, kann ich derzeit nicht einmal sagen. Dazu sollte der Leser wissen, dass ich „nicht allein" schreiben werde, obgleich - von außen gesehen – nur ICH mit dem Stift in der Hand am Tisch sitze. Ich bin allein und dennoch niemals allein! Ich bin viele – viele sind ich! Das mag jetzt verrückt klingen – sogar für mich selbst klingt das Ganze sehr befremdend! Vielleicht ist das alles auch nur verrückt? Wer weiß das schon?

Um besser verstehen zu können, werde ich mich bemühen, in der Einleitung ein wenig zu erklären (sofern mir dieses gelingt). Betroffene werden vielleicht Parallelen erkennen, während für Außenstehende viele Fragen und Rätsel entstehen können. Die Fremdheit von Worten und Bildern lässt mich unter Umständen sogar „geistig verwirrt" erscheinen, aber eines möchte ich hier ganz deutlich sagen: Nicht ich, sondern das einst Geschehene ist krank!

Entschuldigung

Für Fehler in Rechtschreibung und grammatikalischer Formgebung, sowie „wirre" Zusammenhänge, Gedankensprünge, ggf. fehlende Verknüpfungen oder andere Unrichtigkeiten möchte ich vorab um Verzeihung bitten – das Schreiben liegt hin und wieder „nicht allein in meiner Hand".

Anonymität

Meinen wirklichen Namen nenne ich aus „Sicherheitsgründen" nicht. Ich bleibe für den Leser die „Lillith Inanna", ein Pseudonym, welches sich aus zweier meiner „Anteile" zusammensetzt. Sollten Namen von „Beteiligten", Eltern, Therapeuten oder Anderen genannt werden „müssen", werden diese selbstverständlich aus datenschutztechnischen Gründen und zur eigenen Sicherheit geändert! Auch Orte und Plätze werden nicht genannt!

Bild von ?

Einleitung

Zum Schreiben dieses Buches benötige ich einige Hilfsmittel, um eine Niederschrift überhaupt möglich machen zu können. Diese bestehen aus mir hilfreichen Skills und Skill - Techniken, sowie Aufzeichnungen, Tage – und Kommunikationsbüchern, Protokollen aus ambulanter und stationärer Therapie, Bilder, Fotoalben und einigen Ressourcen, die mir Kraft und Sicherheit geben.

Namen lebender oder bereits verstorbener Personen erhalten gegenständliche Bezeichnungen, um keine Rückschlüsse ziehen zu können. Ich selbst nenne mich hier „Vase" und werde von mir in der dritten Person schreiben. Ich bitte um Verständnis und hoffe, dass das Lesen dadurch nicht erschwert wird.

Ich weiß bereits, dass mich das Schreiben sehr viel Energie kosten wird und hoffe daher, dass nicht allzu viele Lücken entstehen!

Die Namen der sogenannten „Innenpersonen" sind Namen, die NICHT von mir gegeben wurden. Sie sind und waren schon immer da und ich habe den Auftrag, diese auch hier NICHT zu verändern!

Dieses Buch wird kein „Rezept-Buch". Ich kann und werde weder „Rezepte", Hilfe oder Lösungen geben können. Und vor allem wird es KEIN „Leitfaden aus dem Leidensweg" - verletzte und gebrochene Seelen sind unheilbar! Das, was ich vermag, ist aufzuzeigen, dass bei allen noch so hohen Schwierigkeiten und

Erschwernissen die Hoffnung nicht hoffnungslos bleiben muss. Dass niemand mit dieser „Erkrankung" ganz allein ist und dass die Glaubwürdigkeit nicht überall in Frage gestellt wird!

Wir haben KEINE Störungen – wir wurden gestört! Der Weg zu neuer Lebensqualität ist steinig, aber möglich!

Vielleicht gelingt es mir, einen kleinen Einblick in meinen persönlichen Irrgarten- mein Labyrinth des Unmöglichen- zu geben. Um dieses möglich zu machen, habe ich die ausdrückliche Zustimmung fast aller Anteile!

Mein Weg ist noch sehr weit, aber auch durch das Schreiben kann dieser um ein kleines Stück leichter werden!

Danke für das Lesen!

Zerrissen / Gespalten

Multiple, was ist das?

Im Rahmen meiner intensiven Trauma-Therapie wird mir nach vielen Jahren und Jahrzehnten endlich klarer, was eigentlich „mit mir los ist". Ein Leben lang wird mir von allen Seiten eingeredet, eine ungewöhnliche und grenzenlose Phantasie zu haben, der man um Himmels Willen keinen Glauben schenken sollte! „Das Kind ist geistig verwirrt, krank im Kopf."

„Imaginäre Freunde" begleiten mich schon mein Leben lang. Freunde, die einer wirren Phantasie entspringen, sagen sie. Freunde, die ganz offensichtlich Wunschträumen entsprangen, wohlwollend und zugetan. Andrer, weniger „gute" Imaginationen entwickelten sich aus immer wiederkehrenden Alpträumen – so glaubte ich…

Ich bin kein Wunschkind, Mutter war damals selbst noch jugendlich und unerfahren. Ich wurde Mittel zum Zweck – nämlich einer nicht geduldeten Beziehung und somit einer verpflichtenden Heirat.

Außerdem war meine Geburt an einem falschen Tag! Ich habe sozusagen die Frechheit besessen, mit meinem Erscheinen auf dieser Welt der „jungen Familie" die Weihnachtstage zu verderben.

Aber der Dreistigkeiten nicht genug: Ich wurde nicht einmal der ersehnte Sohn! So hatten sie auch keinen Namen für mich und „gaben mir den Erstbesten"… Bis heute habe ich Schwierigkeiten, mich mit diesem Namen zu identifizieren!

Meine Entwicklung verlief sonderbar. So sagen sie! Ich legte nicht nur seltsame Verhaltensweisen an den Tag, nein ich benötigte sogar die Unterstützung bei der Reifung zur Frau!

„Vase" ist ein enorm verträumtes, schusseliges und nichtsnutziges Mädchen. Was sie anfasst, zerbricht und ihre Aufgaben erledigt sie stets mangelhaft. Durch ihre ständige Tagträumerei ist sie oftmals nicht wirklich anwesend und so fehlt „Vase" bereits in ihrer Kindheit die Erinnerung, was am Tage geschah. „Träume-Vase" oder „Heule-Vase", geistig oft verwirrt und eine grandiose Geschichtenerfinderin und Lügnerin. So bleiben durch immer wiederkehrende Sanktionen die körperlichen und seelischen Wunden nicht aus. Ihre Phantasiegefährten helfen, das alles ertragen zu können. Phantasiegefährten, die ihrer gebrochenen Seele entsprangen.

Schon in recht jungen Jahren verlässt „Vase" das Elternhaus, um Abstand und Frieden finden zu können. Aber das „Übel" zieht weite Kreise und holt sie immer wieder ein. Nicht einmal ein Abstand von 200 KM geben ihr die dringend notwendige Sicherheit! Auch der ständige Wechsel ihres Standortes kann nicht dazu beitragen.

In verschiedenen psychosomatischen Kliniken erhofft „Vase" Hilfe und Antworten. Aber sie wird weiterhin keine Erfolge verbuchen können. Depressionen, suizidale Gedanken, Ängste und

Panikattacken bis hin zur Bulimie – Ein Lebenslauf, den kein Mensch leben sollte.

„Vase" flüchtet in ihre Arbeit und versucht, sich privat aus dem sozialen Umfeld rauszuziehen. Damit gelingt ihr wenigstens die Verdrängung der Erinnerungen und die Vermeidung „gefährlicher" Momente

Im Jahr 2014 befindet sich „Vase" in höchster Lebensgefahr. Die innere Ruhe wird gestört und alte Bilder erwachen zu neuem Leben. Bilder, die sie noch aus der Ferne zu sehen scheint, aber unsagbare Schmerzen verursachen. Bilder die ihr sehr bekannt und dennoch völlig fremd sind.

Auch Stimmen nimmt sie wahr – zum Teil scheinbar vertraute Stimmen aus ihrer Kindheit und Jugend. Unter ihnen auch Stimmen, die große Gefahr androhen.

Noch ist „Vase" nicht in der Lage, diese Stimmen zuzuordnen. Noch glaubt sie daran, dass alles nur in ihrer ausgeprägten Phantasie stattfindet.

Und zum ersten Mal beginnt nun eine Therapie, die schon vor vielen Jahren hätte stattfinden müssen. Allerdings ist diese Form der Therapie noch vergleichsweise weniger lang bekannt.

„Vase" hat das große Glück relativ schnell ambulante und stationäre Hilfe bekommen zu können. Im Rahmen der sogenannten Trauma-Therapie öffnen sich langsam die Zimmer ihres „Körper-Hauses". „Vases" kleine Seele wurde schon sehr früh gespalten. Daraus resultierten Persönlichkeits-Anteile, die Not, Pein und Schmerz übernahmen und somit ihr junges Leben „aushaltbar" machten. Sie übernahmen schon damals eine „überlebenswichtige Funktion". Und schon damals entwickelten diese Persönlichkeits-Anteile ein scheinbares „Eigenleben", welches für „Vase" noch immer nicht steuerbar ist.

Heute ist „Vase" 55 Jahre alt. Und erst heute lernt sie zu begreifen, dass sich im Laufe eines traumatischen Lebens immer mehr Anteile in ihrem „Körper-Haus" Platz schafften. Anteile verschiedenen Alters und Geschlechts.

Ein Körper mit vielen Zimmern und einem dunklen Keller…

Jacky

Als Jacky in „Vases" Körper einzog, war „Vase" etwa acht oder neun Jahre alt. Jacky selbst ist 13 und ein quirliges, vorlautes Mädchen. Schon früh übernimmt sie die Aufgabe, die „Kleinen" zu betreuen, wenn „Vase" selbst dazu keine Möglichkeit hat.

Ihre überschüssige Energie baut sie mit sportlichen Aktivitäten ab. Dass sie hierbei immer wieder ein „gesundes Maß" überschreitet, spürt sie selbst nicht. Dem Leistungsdruck, den sie sich selbst schafft, folgt der Druck von außen. „Gut ist nicht gut genug".

Jede freie Minute widmet sie sich einem strengen Training beim Turnen, der Leichtathletik und dem Laufen. Ihre Ansprüche an sich selbst sind sehr hoch und denen muss sie gerecht werden. Aber den Ansprüchen von außen kann sie offensichtlich nicht gerecht werden, denn selbst erstklassige Ergebnisse sie nie gut genug. „Das kann noch besser!"

Das Preisgeld, das Jacky mit ihren übertriebenen sportlichen Aktionen erhält, zahlt ihr Körper. Immer und immer wieder geht Jacky weit über ihre Grenzen. Den körperlichen Schmerz nimmt sie kaum bis gar nicht mehr wahr. Der Schmerz wird zu einem festen und wichtigen Bestandteil ihres Lebens.

„Hey, Vase – wo willst du denn hin?"

„Weiß noch nicht, irgendwo – ganz weit weg!"

„Ganz weit weg?"

„Dahin, wo mich niemand mehr finden kann!"

„Dann finde ich dich bestimmt auch nicht mehr."

„Na und, ich mir doch Wurscht. Wenn mich keiner

mehr finden kann, tut mir auch keiner weh!"

„Wenn du hier bleibst, verspreche ich dir, dass dir nicht passiert und ich deine Schmerzen übernehmen werde."

„Echt, das würdest du tun?"

„Klaro, mir machen Schmerzen nichts aus, ich spüre sie einfach nicht mehr!"

Bild von Jacky 1980

Zweifel

Es gibt sehr viele Dinge in meinem Leben, die mich nicht nur zum Verzweifeln bringen, sondern auch immer wieder an mir zweifeln lassen.

Bilder kommen und gehen, verschwinden oder werden klarer und verändern sich im Detail, ohne aber den Inhalt zu verändern. Hinzu kommen Stimmen, Gerüche und Körperempfindungen, dir nicht der Realität entsprechen können und mich somit an meinem „gesunden Menschenverstand" zweifeln lassen. Was ist es? – Phantasie, Alpträume, Erinnerungen...)

„Vase" erfindet schon als Kind ganz unglaubliche Geschichten. Ihre Phantasie kennt dabei keine Grenzen. Es sind Geschichten, die von Schmerz, Pein,

Scham und Angst erzählen und denen absolut kein Glaube geschenkt werden darf! Und dabei hat „Vase" immer und immer wieder doch nur einen Wunsch: Wenn man ihr schon nicht glauben mag, solle wenigstens ihr kleines Herz aufhören, zu schlagen! Aber sie weiß auch, dass nicht einmal der „Liebe Gott" ein solches Kind haben möchte – und der Teufel? Den kennt sie ja bereits...

Warum träumt „Vase" nicht einfach wie jedes andere „normale" Kind von Farben, Glück und Zufriedenheit? Warum ist sie nicht einfach die Prinzessin im Land der Harmonie? Nein, „Vase" erzählt lieber Geschichten des Schmerzes und der Demütigungen. „Vase" ist eben kein „normales Kind". Sie war schon immer etwas „verrückt im Kopf". Ja, sie tickt eben anders als alle anderen.

Heute sollte man denken, dass „Vase" eine
reife und vernünftige Frau ist. Aber ihre
irrsinnigen Geschichten erwachten aufs
Neue. Geschichten, die über viele Jahre
im Stillen verborgen lagen werden wach
und zu fremder Realität. Und immer
wieder stellt „Vase" ihren Verstand in
Frage!

Bild von Emine 10/19

Gedankensprung

In meiner Einleitung wollte ich eigentlich Erklärungen geben, die vielleicht helfen sollen, dieses Buch lesen und verstehen zu können. Ich denke, dass mir das nicht wirklich geglückt ist.

Nach mehreren Tagen Pause durch eine regelrechte Schreibblockade sitze ich jetzt an meinem Tisch und versuche, einen Einstieg zu finden. In meinem Kopf überschlagen sich die Stimmen und es fällt mir immer schwerer, meinen Alltag zu bewältigen. Viele meiner Schutzmechanismen scheinen nicht mehr zu wirken.

Persönlichkeiten – innere Anteile. Wie soll ich diese denn jemals „erreichen"? Nicht jeder Anteil gewährt mir den Zugang. Einige von ihnen scheinen so sehr verängstigt, fühlen sich bedroht oder scheinen das Vertrauen in „Vase" verloren zu haben. Die Abhängigkeit von der Bereitschaft der Anteile ist unerträglich. Welche Anteile sind wohlwollend, welche sind Gefahr? Immerhin habe ich die Erkenntnis, dass das Erscheinen oder die Entwicklung der Anteile für mich zum Teil überlebenswichtig waren und scheinbar auch noch sind.

Die Zimmer meines „Körper-Hauses" bewohnen viele Persönlichkeits-anteile unterschiedlichen Charakters mit verschiedenen Ansichten und individuellen Bedürfnissen. Ein jeder hat seinen festen Platz sowie bestimmte Aufgaben und Funktionen. Welche das im Einzelnen sind, hat sich mir noch nicht erschlossen. Und nicht jeder der Anteile entstand zu meinem „persönlichen Schutz". Im Keller dieses „Hauses" belegt die Gefahr die freien Räume.

Das klingt absurd? Ja, das denke ich auch immer wieder – wo ist die Grenze zwischen Traum, Phantasie, Erinnerung und Realität?

Ein Körper mit vielen Zimmern

Die Flucht in die Arbeitswelt und in den Sport bedeutet für „Vase" Kontrolle. Dort bleiben wenig Zeit und Raum, die die Anteile für sich nutzen könnten. Und wenn es doch einmal geschehen sollte, dass sich eine andere Persönlichkeit nach vorne drängt, dann ist das besonders am Arbeitsplatz hin und wieder nicht weiter tragisch. Im Gegenteil: Manches Mal hilft das „Switchen" in kindliche Anteile im Verständnis für ihre Schutzbefohlenen. Und im Umgang mit den ihr anvertrauten beeinträchtigten Menschen bleibt sie dennoch unerkannt.

Und gerade an diesem Arbeitsplatz wird „Vase" Opfer eines lebensbedrohlichen Übergriffs, der nicht nur Bilder der Vergangen- heit erweckte, sondern die volle Erwerbsminderung zur Folge hatte.

Die nun angedachte Therapie wird sich erstmals von allen vergangenen Therapieformen abheben. Trauma-Therapie, davon hat „Vase" schon gehört, aber niemals darüber nachgedacht, dass genau das die richtige Therapie für sie sein könnte. Sie selbst hat gar nicht das Gefühl, traumatisiert zu sein. Sie wüsste gar nicht, wann und wo eine Traumatisierung stattgefunden haben sollte. Bis zum Tage des Übergriffs fehlte ihr darüber jede Erinnerung.

Damit nicht nur die Therapeutin, sondern auch sie selbst einen „groben Überblick" bekommen kann, erstellt „Vase" ihre eigene „Lebenslinie" und eine „innere Landkarte". Zum ersten Mal werden in „Vase" Anteile aktiv und tragen zur Gestaltung einer Vielzahl von Landkarten bei. Emines Vorschlag, den Grundriss eines Hauses zu zeichnen und den Anteilen Zimmer zur Verfügung zu stellen wird fast einstimmig übernommen: „Vases" Körper dargestellt als ein Haus mit vielen Zimmern – einem „Körper-Haus"!

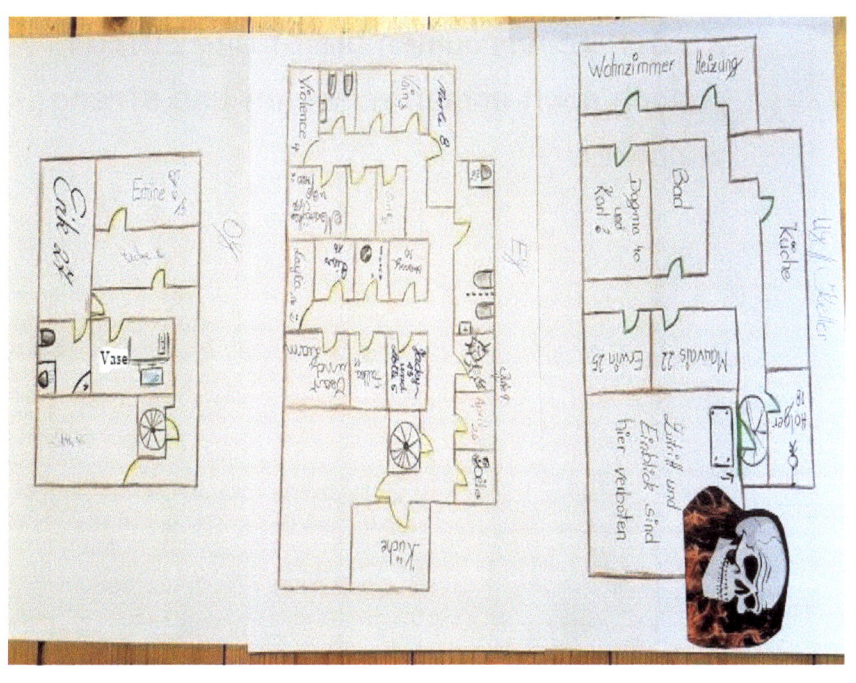

Landkarte gestaltet von Emine

Noch weiß „Vase" nicht wirklich, wie viele Zimmer es gibt und ob auch alle Räume tatsächlich „bewohnt" sind. Mit Hilfe einer sogenannten „Anteils-Therapie" erhofft sie sich zunehmende Klarheit. Doch der Weg dorthin wird noch sehr, sehr lang sein!

Zu den Kellerräumen bleibt der Zutritt jedoch noch immer verwehrt und streng verboten!

Lillith

Lillith zog in „Vases" Kindertagen bei ihr ein.

Während „Vase" ihre Existenz nicht einmal bemerkt, scheint Lillith sowohl das innere als auch das äußere Chaos zu durchschauen und zu überblicken und kann somit in schlimmen Zeiten immerhin ein wenig Ordnung in das System bringen. Sie kennt die Auslöser, die das Chaos und die damit verbundene Ohnmacht verursachen. Lillith allein kennt ALLE Anteile mit all ihren Aufgaben und Funktionen, wird aber ohne deren Zustimmung für dieses Buch und auch sonst keine Informationen geben. Emotionen sind ihr – im Gegensatz zu allen anderen – erlaubt. Und da Lillith als Einzige von traumatischen Ereignissen verschont bleibt, befindet sie sich zu keinem Zeitpunkt in Gefahr. Dennoch sind ihr alle Geschehnisse bis ins kleinste Detail bekannt. Ein Eingreifen ist ihr allerdings zu keinem Zeitpunkt möglich.

Lillith ist 45 Jahre alt, und stets gezwungen alle Ereignisse zu beobachten. Den Kleinen erlaubt sie hin und wieder notwendige Emotionen, ohne dass dadurch Gefahr droht!

Alle Informationen über die Persönlichkeitsanteile entnehme ich den Karteikarten, die ich für diesen Zweck in einem Projekt angelegt habe. Nach monatelangem Warten sehe ich, dass sie sich nun nach für nach zu Füllen beginnen.

Lillith hebt sich mit zwei oder drei anderen weiblichen Anteilen von den anderen ab. Nicht nur in der Art, sich zu kleiden oder ihrer musikalischen Vorlieben, sondern besonders in ihrem Denken und

Handeln weicht sie der „auferlegten Norm". Sie ist ständig auf der Suche nach

friedvollen Orten und bevorzugt hier
ruhige Friedhöfe. Mittelalter und Gothic
gehören zu Lilliths Lebenseinstellung und
damit fällt sie auch gern aus dem
gesellschaftlichen Rahmen!

Karteikarte aus dem Projekt

Bild von Lillith im Jahr 1993

Wenn die Angst die Kontrolle übernimmt

Ein gewaltiger Tresor ist nun geöffnet. Ein Tresor, der Bilder, Erinnerungen, Sinneswahrnehmungen und Emotionen sicher unter Verschluss hielt. Nicht einmal „Vase" hatte jemals Zugriff oder einen Einblick in das Innere des Tresors. Nun ist er nicht mehr fest verschlossen und eine leicht geöffnete Tür gibt „Vase" eine noch eingeschränkte Sicht auf dessen Inhalt. Das, was sie in Ausschnitten zu Sehen, Hören oder Empfinden bekommt, ist so bizarr und ohne jeden Bezug zu einer glaubhaften Realität.

Fortan beginnt die Angst, ihren Alltag zu bestimmen. Eine Angst, die „Vase" fremd ist – verworren und irreal. Verbotene

Emotionen brechen aus ihr heraus. Doch sobald Emotionen Raum einnehmen, droht Gefahr und so kostet es sie noch mehr ihrer kostbaren Energie, alle Emotionen zu unterdrücken, also keinesfalls zuzulassen. Nur die Angst, die darf sich einen großen Raum geben, denn sie übernimmt jedes Denken und Handeln und gibt dem gegenüber Macht. Und so nimmt die Angst überhand und die vollkommene Kontrolle. So bleibt für „Vase" nur der Rückzug, dennoch wird ihr Ruf nach Hilfe lauter und lauter. Jetzt ist sie bereit, auch die noch so kleinste Hilfe anzunehmen. Die Tür des Tresors wird sie niemals allein schließen können!

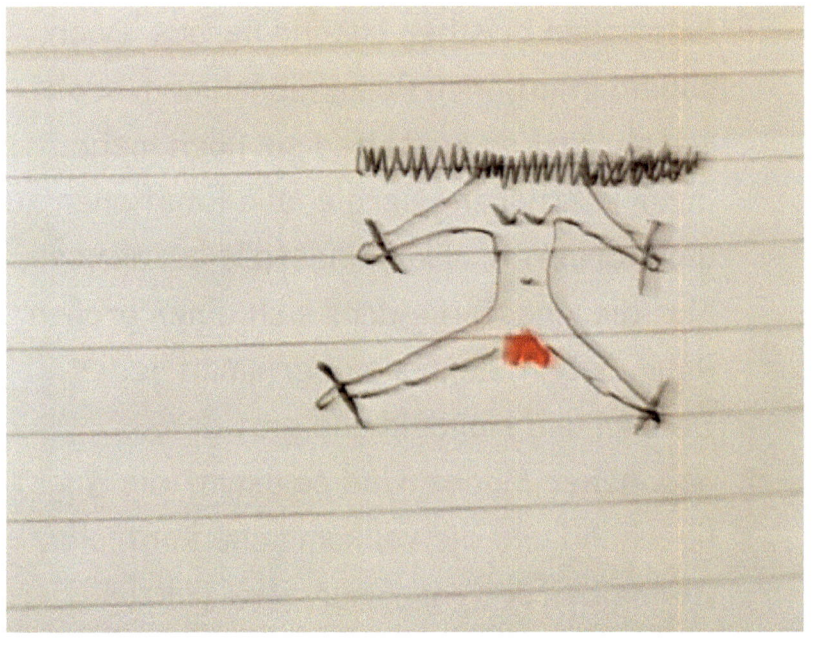

???

Mareijke

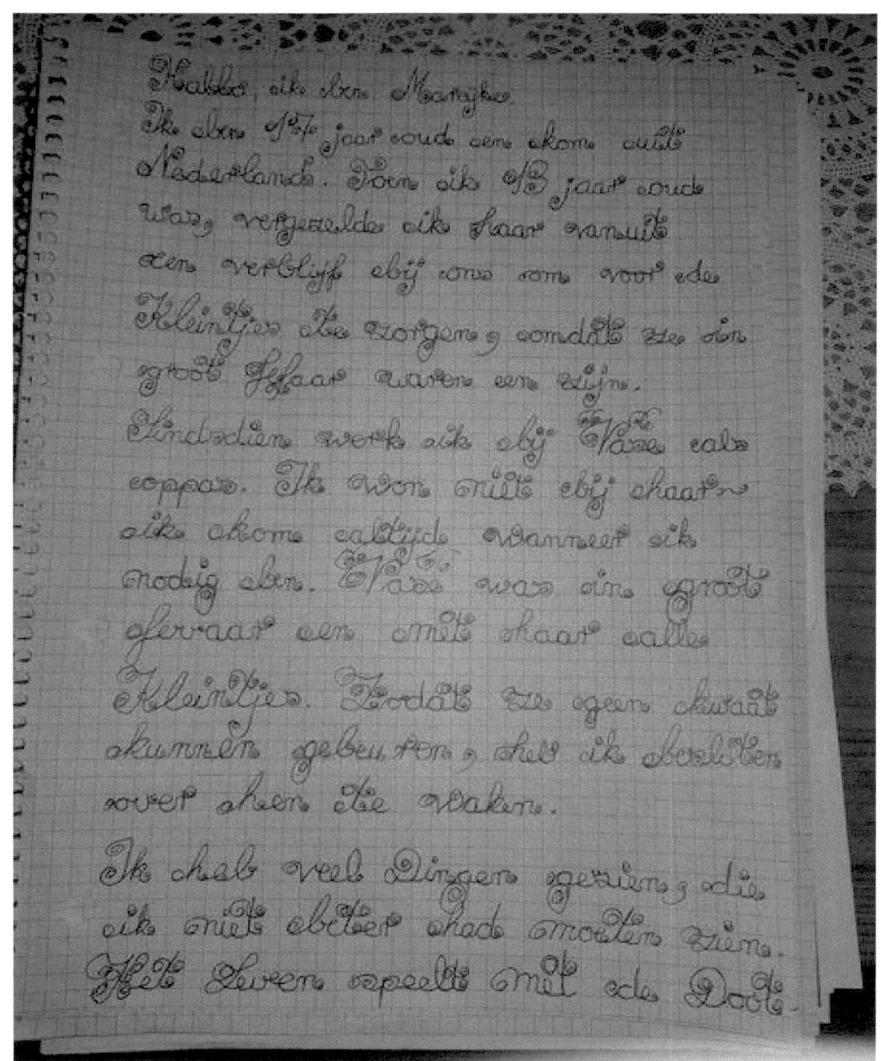

Hallo, ik ben Marijke
Ik ben 17 jaar oud en kom uit
Nederland. Toen ik 13 jaar oud
was, vertelde ik haar vanuit
een verblijf bij ons om voor de
Kleintjes te zorgen, omdat ze in
groot gevaar waren en zijn.
Sindsdien werk ik bij Vace als
oppas. Ik won niet bij haar
ik kom altijd wanneer ik
nodig ben. Vace was in groot
gevaar een met haar alle
Kleintjes. Zodat ze geen kwaad
kunnen gebeuren, heb ik besloten
over hen te waken.

Ik heb veel Dingen gezien, die
ik niet beter had moeten zien.
Het leven speelt met de Dood.

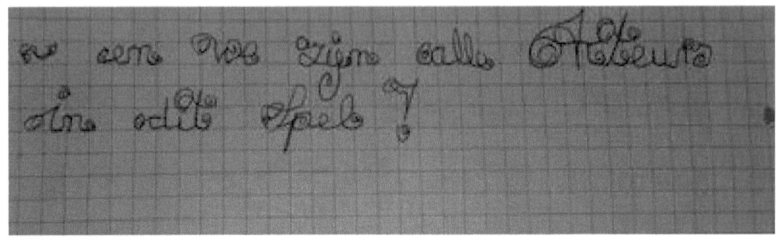

Originaltext von Mareijke aus dem
Kommunikationsbuch 3/19

Versuch einer Übersetzung:

Hallo, ik ben Mareijke:

Hallo, ich bin Mareijke

Ik ben 17 jaar oud en kom ouit
Nederland:

Ich bin 17 Jahre alt und komme aus
den Niederlanden.

Toen ik 13 jaar oud was, vergezelde ik haar vanuit een verblijf bij ons om voor de Kleintjes te zorgen, omdat ze in groot Gefaar waren en zijn:

Als ich 13 Jahre alt war, begleitete ich sie von einem Aufenthalt bei uns, um auf die Kleinen aufzupassen, denn sie waren und sind in großer Gefahr.

Sindsdien werk ik bij Vase als oppas:

Seitdem arbeite ich bei Vase als Babysitter.

Ik won niet bij haar - ik kom altijd wanneer ik nodig ben:

Ich wohne nicht bei ihr - ich komme immer, wenn ich gebraucht werde.

Vase was in groot gevaar en met haar alle Kleintjes:

Vase war in großer Gefahr und mit ihr all die Kleinen.

Zodat ze geen kwaat kunnen gebeuren, heb ik besloten over hen te waken:

Damit ihnen nichts passieren kann, habe ich mich entschlossen, auf sie aufzupassen.

Ik heb veel Dingen gezien, die ik niet beter had moeten zien:

Ich habe viele Dinge gesehen, die ich besser nicht hätte sehen sollen.

Het Leven speelt met de Doot-en we zijn alle Acteurs in ditSpel:

Das Leben spielt mit dem Tod - und wir sind alle Schauspieler   in diesem Spiel.

Keine Worte

Die ersten Therapie- Kontakte gestalten sich sehr schwer. Aufgrund missglückter therapeutischer Erfahrungen und vielen seelischen Verletzungen ist es für „Vase" nur bedingt möglich, Menschen zu vertrauen. Hinzu kommt, dass die ersten ambulanten Kontakte mit einem Mann sein werden und gerade das Vertrauen in das männliche Geschlecht kam bereits in der Kindheit abhanden. Nun wird ihr ein Therapeut gegenübersitzen.

Trotz unsagbaren Ängsten entscheidet sich „Vase" dennoch, den Strohhalm zu fassen und die ambulante Betreuung zu beginnen.

Das erste Treffen kann „Vases" Ängste abschwächen. Der Therapeut überlässt ihr selbstverständlich die Wahl ihres

Sitzplatzes. Und genau das ist für „Vase"
von höchster Wichtigkeit! Sie wählt
grundsätzlich Plätze, die ihr das Gefühl
geben, geschützt zu sein, immer den
Menschen zugewandt und einen möglichen
Fluchtweg im Auge.

Sicher hätte „Vase" auch auf einen freien
Therapieplatz bei einer Therapeutin
warten können, aber dann wären weitere
Wochen, vielleicht sogar Monate ins Land
gestrichen. Sie braucht jetzt Hilfe und
einen Versuch ist es doch allemal wert,
zudem die Möglichkeit

Besteht, dass sie doch noch auf die Idee
kommen könnte, ihren Therapieplan zu
verwerfen.

Neben der Sorge, einem Mann gegenüber
sitzen zu müssen wird sein, die richtigen
Worte zu finden – oder besser: überhaupt

Worte finden zu können. Wie soll sie denn etwas beschreiben, das sie sich selbst nicht erklären kann? Wie soll sie sagen, warum sie Hilfe benötigt, wenn sie nicht einmal weiß, warum? Wie soll sie Worte finden, die sie nicht verraten, denn es besteht das Gebot des Schweigens und dessen Missachtung hätte fatale Folgen...

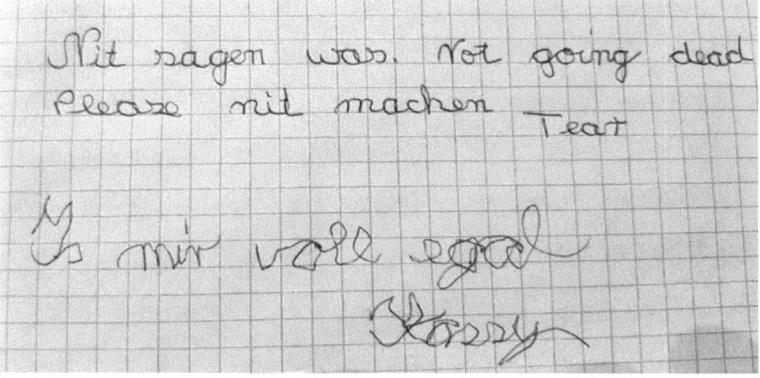

Einträge vor Tear und Kassy

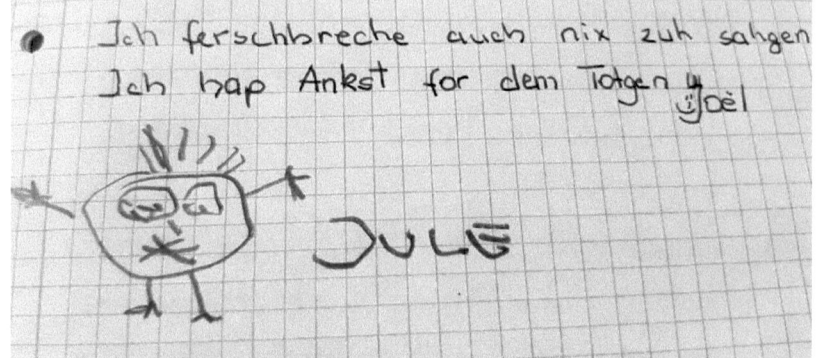

Ich ferschbreche auch nix zuh sahgen
Ich hap Ankst for dem Totgen u
Joel

JULE

Einträge von Joel und Jule

Ich ferade auch bestimmt gas nix. Hahbe
Folger im Keller gesehen. Wer said ir den
ab? Ich käme auch nit. Ne ich hahlte
meinen Mund. Jule hat einen kaputen Kop
Jule kenne ich, is maine Fraundin die hate
aba sorhär kainen Dachschaden Ich
halte gans bestimmt mein Maul.
Falka

Eintrag von Falka

52

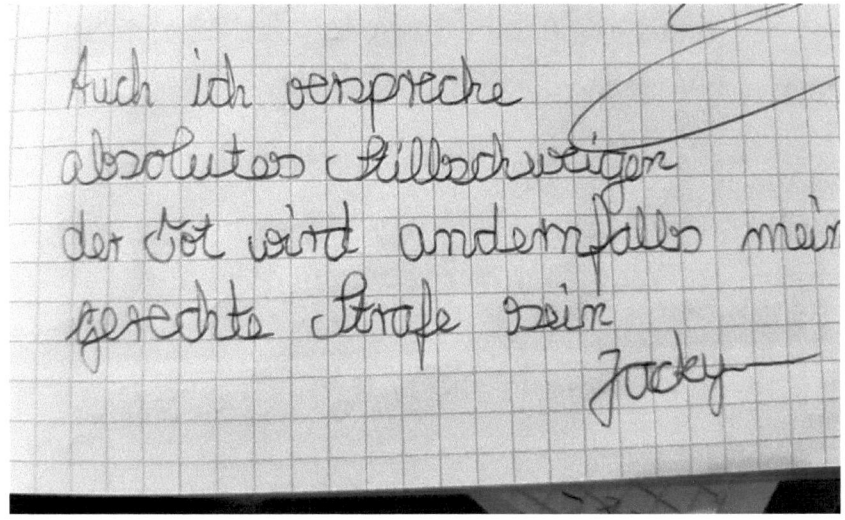

Eintrag von Jacky

Joel

Joel schreibt, dass sie an einem
Weihnachtstag ihren Platz im „Körper-

Haus" einnahm. Es war in der Nacht zu „Vases" viertem Geburtstag.

Joel ist 13 Jahre alt und kommt aus Frankreich. Auch sie wurde – wie „Vase" – an Weihnachten geboren, obwohl es ihr verboten war. Aber sie kam dennoch zur Welt – aus Protest!

Joel hasst das Weihnachtsfest mit all den scheinheiligen Tagen. Eigentlich hasst sie alle Tage des Jahres, aber die Weihnachtstage ganz besonders. Schon sehr früh lernt Joel mit Schuldzuweisungen und Demütigungen umzugehen und stellt sich schützend vor „Vase", um wenigstens ihr die Schmach zu erleichtern.

Alle Jahre wieder kommt ……. Ach nein, stimmt nicht, so geht der Text: Alle Jahre wieder blutet ein Kinderherz …..

Je mappelle Joël et je vis avec 'Vase' et beaucoup d'autres dans une grande Maison depuis très longtemps. Je suis ___ ans et de Paris. 'Vase' aime beaucoup quand je lui parle en français. Les autres ne le pensent pas, car ils pensent que nous avons des secrets. Je suis né le jour de Noël - mais personne ne voulait vraiment de moi et je ne suis pas une fille non plus. Je suis humilié et insulté par les grandes, mais je peux bien vivre avec ça. Je m'y suis habitué. Je ne peux pas faire grand chose et je fais tout faux. J'accepte volontiers les pénalités pour cela. Si 'Vase' ne fait pas quelque chose de bien, c'est en fait moi qui rate tout. Je n'ai pas le droit de vivre ni le droit d'aimer. C'est bon pour

moi - je ne veux pas être là !

A plus tard

Joël

Originaltext von Joel

Versuch einer Übersetzung:

Je m´apelle Joel et je vis avec Vase et beaucoup d´autres dans une grande Maison depuis trés longtemps:

Mein Name ist Joel und ich lebe sehr lange mit Vase und vielen anderen in einem großen Haus.

Je suis 13 ans et de Paris:

Ich bin 13 Jahre alt und komme aus Paris.

Vase aime beaucoup quand je lui parle en francais:

Vase mag es sehr, wenn ich auf Französisch mit ihr spreche.

Les autres ne le pensent pas, car ils pensent que nous avons des secrets:

Andere glauben uns nicht, weil sie glauben, wir hätten Geheimnisse.

Je ne suis né le jour de Nöel - mais
personne ne voulait vraiment de moi et
je ne suis humilié et insulté par les
grandes, mais je peus bien vivre avec
ca:

Ich wurde an Weihnachten
geboren - aber niemand wollte mich
wirklich und ich werde von den Großen
gedemütigt und beleidigt, aber damit kann
ich gut leben.

Je m´y suis habitué:

Ich habe mich daran gewöhnt.

**Je ne peux pas faire grand chose et je
fais tout faux:**

Ich kann nicht viel und mache
alles falsch.

**J´accepte volontiers les pénalités pour
cela:**

Die Strafen dafür nehme ich gerne in Kauf.

Si Vase ne fait pas quelque chose de bien,

cést en fait moi qui rate tout:

- Sorry, ich kann diesen Satz nicht übersetzen!

Je n´ai pas le droit de vivre ni le droit d´aimer:

Ich habe weder das Recht zu leben noch das Recht zu lieben.

Cést bon pour moi - je veux pas etre la:

Das ist gut für mich - ich will nicht sein.

A plus tard:

Bis später

Die Verzweiflung schlägt Wurzeln

Alpträume aus früheren Zeiten bekommen wieder ein Gesicht. Gerüche, Orte, Stimmen, Handlungen, Gegenstände – Teile dieser Träume sind „Vase" bestens bekannt und dennoch fühlen sie sich völlig fremd, falsch und verlogen an. Innere Stimmen werden lauter und beginnen, Forderungen zu stellen. Mut und Kraft schwinden dahin.

Die Stimmen, die Angst und vor allem diese vielen irrsinnigen Bilder bestimmen „Vases" Alltag und werden mehr und mehr zu nächtlichen Begleitern. Der Boden unter ihren Füßen gerät ins Wanken, während die Gefahr tiefe Wurzeln treibt. Tage klaffen mit großen Zeitlücken auseinander, die Vase bei allen Bemühungen nicht zu schließen vermag.

Vase scheint am Ende ihrer Energie angelangt zu sein, doch trotz völliger Erschöpfung findet sie weder Ruhe noch ausreichend Schlaf. Langsam schließt sich der Teufelskreis, aus dem es kein Entrinnen gibt. Die Verzweiflung zieht „Vase" in ihrem Bann, umfasst sie mit ihren kräftigen Wurzeln und verschlingt sie fast gänzlich. Sie ist ein Verräter – hat das Gesetz des Schweigens gebrochen und wird sich nun dieser Anklage stellen müssen. Ängstliche Stimmen fordern den Rückzug und warten geduldig auf ihre Bestrafungen.

Jeder Tag und jede Nacht zu überstehen wird für „Vase" eine extreme Herausforderung und die Verzweiflung wächst ins Unermessliche...

Bild von Emine 10/19

Jule

„Möchtest du einen Film ansehen?",
gestikulierend wendet sich Jacky einem
kleinen Mädchen zu.

Kopfnicken – Jule sitzt
zusammengekauert in einer
.   Sofaecke. Ihre Augen
blicken ängstlich auf   .   .
Jackys Hände.

„Was möchtest du denn gerne sehen?",
wieder unterstützt Jacky ihre Worte mit
Gesten und Jule antwortet ebenfalls mit
Handzeichen, allerdings absolut wortlos.

„Okay, Rappelkiste. Darf ich mich zu dir
setzen umd mitschauen?"

Kopfnicken

Jule ist neun Jahre alt. Sie war immer ein sehr aufgewecktes und fröhliches kleines Mädchen. Ihre Körpergröße entspricht nicht einem neunjährigen Kind, sie ist sehr klein und man könnte annehmen, sie sei erst drei.

Jule hatte eine zauberhafte Stimme, die für jedermann, der sie hörte, die Sonne aufgehen ließ. Ihre klaren, leuchtenden Augen vertrieben jeden dunklen Augenblick und ihr Lachen ließ die Welt in bunten Farben erstrahlen. Sie war immer ein wahres Sonnenkind.

Auch ihre musikalischen Fähigkeiten waren für ein Mädchen ihren Alters sehr aussergewöhnlich. Sie erlernte das Spielen verschiedener Instrumente ohne Hilfe.

Mit ihrem langen, lockigen. Blonden Haar glich sie einem strahlenden Engel.

Als Jule in das „Körper-Haus" einzog, war „Vase" gerade einmal sechs Jahre alt. Und mit ihr zog die Sonne ein.

Jetzt liegt ein Schleier der Trauer über ihren Augen, ihre Stimme ist verstummt, all ihre Farben sind verblasst und von ihrer Unbeschwertheit ist nichts geblieben. Niemand darf sich ihr nähern, niemand kann sie erreichen. Jeder Versuch, mit ihr in Kontakt zu treten, lässt sie weiter und weiter verschwinden.

Sehr selten ist eine leise, sehr zaghaft und ängstliche Melodie zu hören, die so unerwartet sie zu Hören ist noch viel schneller wieder verstummt.

Jacky darf sich als Einzige des Systems dem Mädchen nähern. Jule scheint ihr zu vertrauen und sie zu mögen. Liebevoll und geduldig erlernen sie die Gebärdensprache und sogar Körperkontakt ist Jacky erlaubt.

Was geschehen ist, bleibt verborgen...

„Hoppe, hoppe Reiter

      Und kein Engel steigt herab.

Mein Herz schlägt nicht mehr weiter.

      Nur ein Engel weint am Grab.

Hoppe, hoppe Reiter

      Eine Melodie im Wind

Mein Herz schlägt nicht mehr weiter.

      Und aus der Erde singt das Kind..."

Refrain aus dem Songtext „Spieluhr" von Rammstein

Erste Begegnungen

Zu Beginn der Trauma-Therapie ahnt „Vase" noch nichts von der tatsächlichen Existenz ihrer Persönlichkeitsanteile. „Vase" ist zu diesem Zeitpunkt 48 jahre alt. Dass sie hin und wieder einmal Stimmen hört oder in kleinen Tagträumen verschwindet, empfindet sie nicht als ungewöhnlich und Schusseligkeiten oder Vergesslichkeit ist immerhin ein alltägliches, menschliches Phänomen. Den Tagträumen war sie doch schon immer verfallen und aufgrund ihrer ausgeprägten Phantasie sind Stimmen nichts aussergewöhnliches gewesen.

Nach einem Jahr ambulanter Unterstützung beginnt für „Vase" die erste stationäre Trauma-Therapie – eine sogenannte Intervall-Therapie. In besonders geschütztem Umfeld der Klinik wird sie nun erstmaliig DIREKT mit ihrer Vergangenheit konfrontiert.

Während der sechswöchigen Stabilisierungs-Phase schaffen sich ihre Bezugstherapeutin und sie selbst einen „groben Überblick". Eine traumatische Erkrankung, die sogenannte posttraumatische Belastungsstörung (PTBS) wird erstmalgig diagnostiziert.

In ihre Therapeutin gewinnt „Vase" erstaunlich schnelles Vertrauen und somit gelingt es bereits im Ansatz eine bis dahin „erinnerbare" Lebenslinie zu erstellen. Zum ersten mal wird „Vase" bewusst, dass ihr ganzes Leben scheinbar aus großen eitlücken besteht. Natürlich erinnert sich ein Erwachsener nicht an jedes Detail seiner Kindheit oder Jugend, aber „Vases" Lücken sind hingegen von „besonderer Größe". Und je mehr sie sich bemüht, diese Lücken zu füllen, um so weiter klaffen sie auseinander.

Nun beginnt „Vase" Strategien zu entwickeln, die ihr hilfreich sein könnten, die Zeitlöcher zu füllen. Sie arbeitet mit Fotos aus ihrem

Kinderalbum, die sie dann später auch ihrer Lebenslinie hinzufügt. Dennoch bleiben die Lücken ungefüllt, reißen sogar noch größere auf.

Das Ansehen ihrer Kinderfotos erwerckt erstamlig die ersten Anteile. Jacky, Quento, Lillith und Mareijke melden sich „zu Wort" . Zu ihrem Erstaunen gelingt es „Vase" direkt, die Stimmen richtig zuzuordnen. Immer häufiger nimmt sie diese Stimmen wahr, als stünden sie direkt neben ihr.

Nun heißt es „Aufpassen": Die Kontrolle
nicht zu verlieren oder gar entdeckt zu
werden, zwingt „Vase" zur absoluten
Geheimhaltung. Nicht einmal ihr vertraute
Menschen und schon gar nicht ihre
Bezugstherapeutin dürfen davon
erfahren. Sie würden „Vase" doch für
völlig verrückt erklären!

April

Zu April gibt es nicht viel zu sagen.
Niemand weiß, wann sie das „Körper-Haus"
bezog, die meisten kennen sie nicht
einmal. Sie beschreibt sich
folgendermaßen:

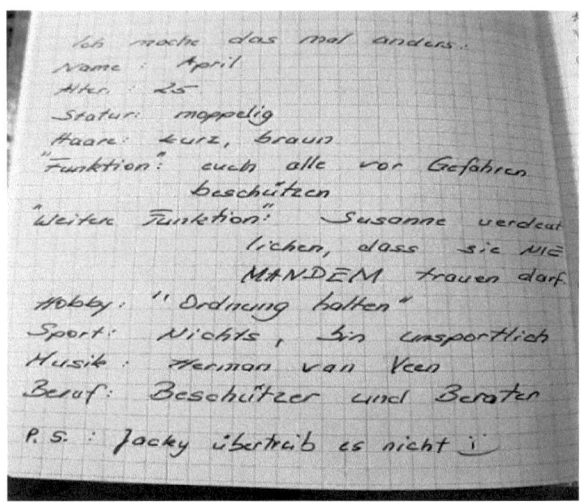

Ich mache das mal anders..
Name : April
Alter : 25
Statur: moppelig
Haare: kurz, braun
"Funktion": euch alle vor Gefahren
            beschützen
"Weitere Funktion": Susanne verdeut-
            lichen, dass sie NIE
            NIEMANDEM trauen darf
Hobby: " Ordnung halten "
Sport: Nichts , bin unsportlich
Musik : Herman van Veen
Beruf: Beschützer und Berater

P. S. : Jacky übertreib es nicht :)

Anderen geht es viel schlechter

„Vase" bleibt weiterhin sehr bemüht,
geheim zu bleiben. Sie redet sich immer
wieder selber ein, dass alle Stimmen und
die Bilder oder Empfindungen nur
Resultate ihrer Einbildung sein können.
Sie ist sich sicher, Phantasie und Realität

nicht wirklich trennen zu können. Und sollte das alles doch glaubwürdig sein, hätte ihr „Auffliegen" fatale Folgen. Allerdings weiß sie auch, dass sie völlig unglaubwürdig ist, dass sie, wenn sie ihre „Geschichte" erzählen würde, wie früher für „verrückt" gehalten und sanktioniert würde. Aber dennoch wünscht sie endlich Hilfe – eine Hilfe, die sie momentan aber werder annehmen kann noch darf.

Anderen Menschen geht es doch viel schlechter. Ein jeder hat sein Päckchen zu tragen. Was hat denn „Vase" auszustehen?. Sie ist verheiratet, hat einen tollen Sohn und ein gutes Einkommen. Ihr Arbeitsplatz ist niemals in „Gefahr" und so ist ihr Leben doch gut abgesichert.

„Reiß dich zusammen und lass dich nicht immer so hängen!"

„Vase verfolgt Nachrichten in TV, Zeitung und Internet. Sie sieht Bilder, hört und liest Worte, die großes Leid beschreiben. Ja, sie haben Recht, ihr geht es doch nun wirklich gut. Sie hat nicht den geringsten Anlass zu Jammern! Im Vergleich steht sie doch deutlich auf der Sonnenseite des Lebens.

Und immer öfter denkt sie daran, ihren Therapieplatz jemandem zu überlassen, der ihn WIRKLICH braucht...

Druck aus dem Inneren

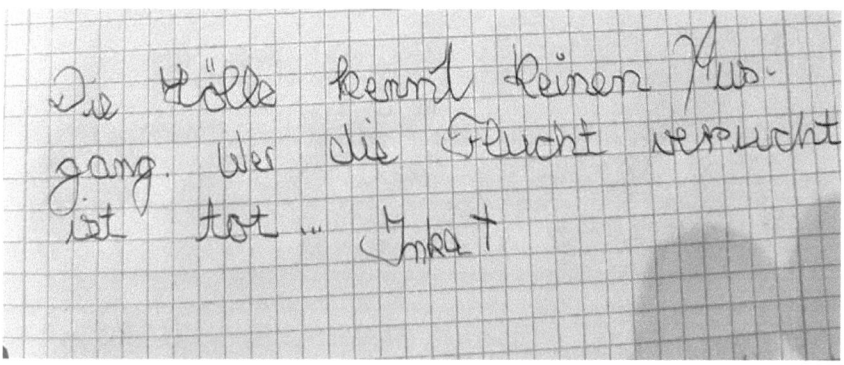

Eintrag von Inka

Während „Vases" zweiter stationärer
Therapie, der sogenannten
„Konfrontation", nehmen die Stimmen
weiter zu. Um einen halbwegs klaren Kopf
zu behalten, beginnt sie, lange Strecken
zu laufen – zu schnell und in
unangebrachtem Schuhwerk. Weiter und

weiter überschreitet sie ihre eigene Kondition, doch Schmerzen in Füßen und Beinen lenken sie ab.

„Vases" Sorge wächst täglich, dass ihr Umfeld, besonders aber die Therapeuten die Stimmen hören könnten, deren Inhalt zum Teil bitterböse und beleidigend ist. Die Intensität der Stimmen wächst und plötzlich nimmt „Vase" sogar Verletzungen an ihrem Körper wahr, deren Herkunft sie nicht erinnern kann.

„Besorg dir endlich ein ordentliches Messer!"
„Hallo?"

„Du hat mich schon
verstanden!" Eine stumpfe
Schere bringt hier nix!"
„Schere, Messer?"
„Stell dich nicht dümmer,
als du eh schon bist!"
„Wer ist denn da?"
„Nun reißt mir aber der
Geduldsfaden! Wenn hier morgen kein
ordentliches Messer liegt, dann Gnade
dir Gott!"

Am Abend findet „Vase" ein
Küchenmesser zwischen ihrer Kleidung,
Sie weiß keine Erklärung, wie es dort
hingelangte. Und schon klafft eine neue
Zeitlücke auf.

Es ist Abend – Abendbrotzeit!

Stimmen

Immer und immer lauter und fordernder
melden sich die Stimmen zu Wort. Und so
sehr „Vase" sich bemüht, ihnen
Aufmerksamkeit zu schenken, je weniger
Zugang bekommt sie. Alle und Jeder
scheint in ihrem Kopf kreuz und Quer und
ohne Punkt und Komma zu diskutieren.
„Vase" benötigt neue Strategien, um
weiteres Chaos verhindern und mit den
Stimmen in Kontakt treten zu können. Und
daher wird es wichtig, dass sie ihre

Bereitschaft, die Stimmen anzuhören, offen Kund gibt. Dennoch wächst ihre Angst, dass durch die Konfronta-

tion mit ihrem Inneren, weitere noch tiefe Abgründe wachsen.

„Ein Kind, das von seinen Eltern schlecht behandelt wird, hört nicht auf, seine Eltern zu lieben. Es hört auf, sich selbst zu lieben."

- *Shahida Arabi*

Eine andere Welt

„Vase" findet tatsächlich eine
Möglichkeit, ihr Inneres zu erkunden. Mit
Hilfe eines Kommunikations– oder
Kennenlernbüchleins lassen sich einige
ihrer Persönlichkeitsanteile animieren,
Eintragungen zu tätigen. Und schon
erwacht eine neue, unbekannte Angst.
„Vase" entdeckt Eintragungen in ganz
unterschiedlichen Schriften und Formen.
Sogar in ihr nicht geläufigen Sprachen.
Bilder und Zeichnungen, die von
frühkindlicher Herkunft bis zu skurrilen
Kunstwerken reichen, lassen sie noch
mehr an ihrem Verstand zweifeln. Der
Verdacht, dass andere Personen auf ihre
Unterlagen Zugriff haben könnte, liegt
nahe. Aber wie und wann? Alle Unterlagen
werden an sicheren Orten aufbewahrt und
höchst persönliche Dinge lässt sie nicht

einmal aus den Augen. Es sind auch keine, ihr bekannten Schriften, etwa die ihres Mannes oder Sohnes und außerdem ist „Vase" auch keine besonders gute Zeichnerin. Sie skizziert wohl auch mal kleine Bilder mit Bleistift oder Kohle, aber die Werke, die sie nun zu sehen bekommt, können keinesfalls von ihr stammen.

Langsam beginnen die Bilder in ihrem Kopf ein „eigenes Leben zu führen". Und jede noch so kleine Geräuschkulisse wird für „Vase" immer unerträglicher. Sie nimmt Dinge wahr, die nicht sein können – Geräusche, Gerüche, Visionen ziehen sie in ihren Bann und verleugnen die äußere Realität. Sie werden für „Vase" wahrhaftig, obgleich sie nicht existieren und bahnen einen Weg in eine düstere, andere Welt. Eine Welt voller Schmerz und Pein. Eine Welt, in der sich fremde Personen Platz geschaffen haben, Personen, die aus den Trümmern ihrer Seele erschaffen wurden.

Eine Vielzahl der Persönlichkeitsanteile scheinen schon längst auf ihre Entdeckung zu warten. In „Vase" findet offensichtlich ein Leben statt, von dem sie nichts erahnte. Ein beängstigendes, fremdes Leben, dessen Teilhabe ihr bislang verwehrt blieb. Und in dieser zweiten, inneren Welt scheint der Schlüssel in ihre Vergangenheit verborgen zu sein. Es muss einen Weg in diese Welt geben, der für „Vase" begehbar wird und dazu wird eine vernünftige, gute Kooperation mit ihrem Inneren notwendig sein. Aber genau an diesem Punkt scheint die Innenkommunikation immer wieder zu scheitern. Aus Angst ziehen sich Anteile zurück, während die dunkle Seite an Aktivität zunimmt und mit heftigen

Sanktionen reagiert. Diese dunkle Macht versucht, „Vase" auf ihre Seite zu ziehen. Ein Eingreifen oder eine Flucht sind ihr unmöglich. Nun ist sie gezwungen, das Leid der „Kleinen" stillschweigend zu betrachten.

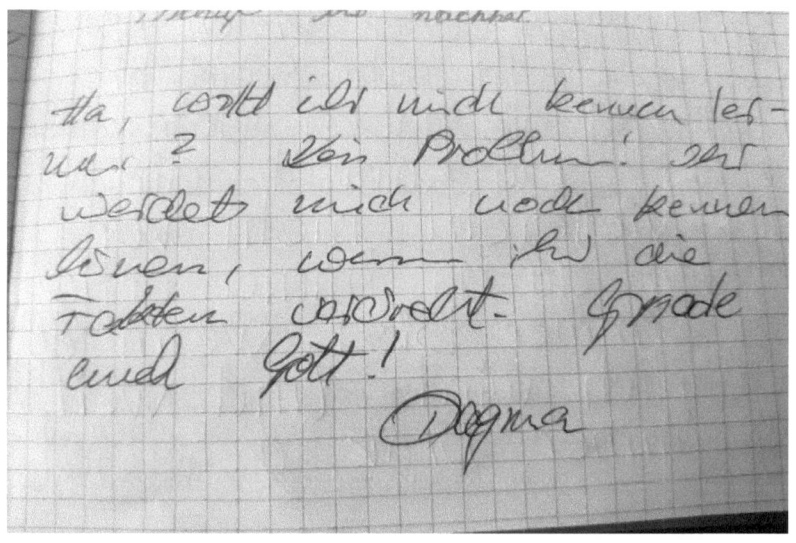

Eintrag von Dagma

Krank oder Irrsinn?

Jede „Rückkehr" in die Realität hinterlässt sichtbare Spuren. Für ihre völlige Erschöpfung findet „Vase" keine Erklärungen mehr. Mittlerweile ist ihr Körper regelrecht ausgemergelt. Sie wiegt noch genau 48 KG. Der Kopfschmerz wird zum ständigen Begleiter und auch körperliche Schmerzen nehmen zu.

Nun finden auch die „Gespräche" in ihrem Kopf wieder statt. Oder sind sie gar nicht im Kopf, sondern außen und von jedem hörbar? Das wäre nicht auszudenken. Die Menschheit würde sie dann tatsächlich für völlig verrückt erklären – schizophren eben. Oder sind die Stimmen doch nur eine Ausgeburt ihrer bizarren Phantasie?

Sich einzubilden, mit irgendwelchen Innenpersonen zu reden, ist doch schlichtweg krank! Ja, schizophren! Das kann nur Schizophrenie sein! Oder steht „Vase" einfach nur am Rande eines kompletten Irrsinns? Das, was in „Vases" Kopf und Körper vor sich geht, kann keiner Wahrheit entsprechen.

Der Leidensdruck wächst unaufhörlich. Innere Bilder werden mit ihrem Wachsen bedrohlich und zu ernster Gefahr. Die Psychopharmaka, die „Vase" täglich schluckt, hilft schon lange nicht mehr. „Vase" weiß, dass sie ihr inneres System entschlüsseln muss, um nicht gänzlich zu verlieren. Sie muss dringend einen Weg finden, um Struktur und Ordnung schaffen zu können.

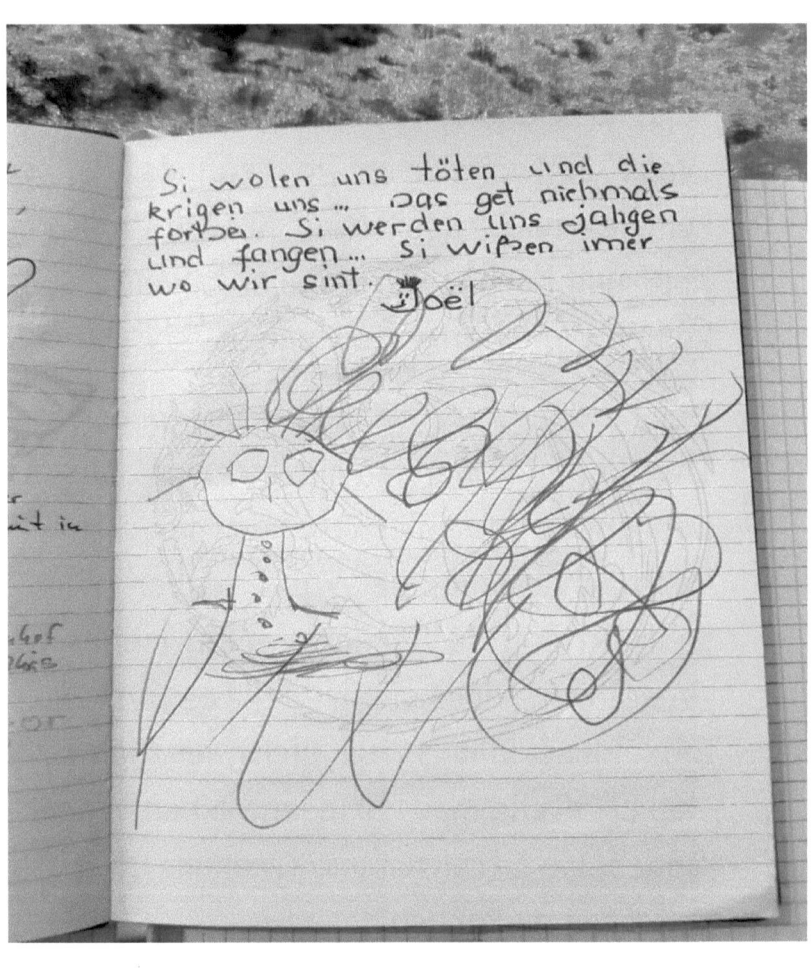

Si wolen uns töten und die krigen uns ... Das get nichmals forbei. Si werden uns jahgen und fangen ... Si wißen imer wo wir sint. Joël

Eintrag von Joel, Bild von?

Erik

Wann Erik in das komplexe „Vase-Haus"
einzog, ist leider nicht bekannt.

Erik ist 27 Jahre alt und künstlerisch
sehr begabt. Seine Texte schreibt er mit
unterschiedlichen Federn und Tinte und
seine Zeichnungen umfassen viele
verschiedene Techniken.

Erik hat einen guten Zugang zu den
„Jungs" im System und wirkt durch seine
ruhige und vertrauensvolle Art positiv und
helfend auf die jüngeren Anteile.

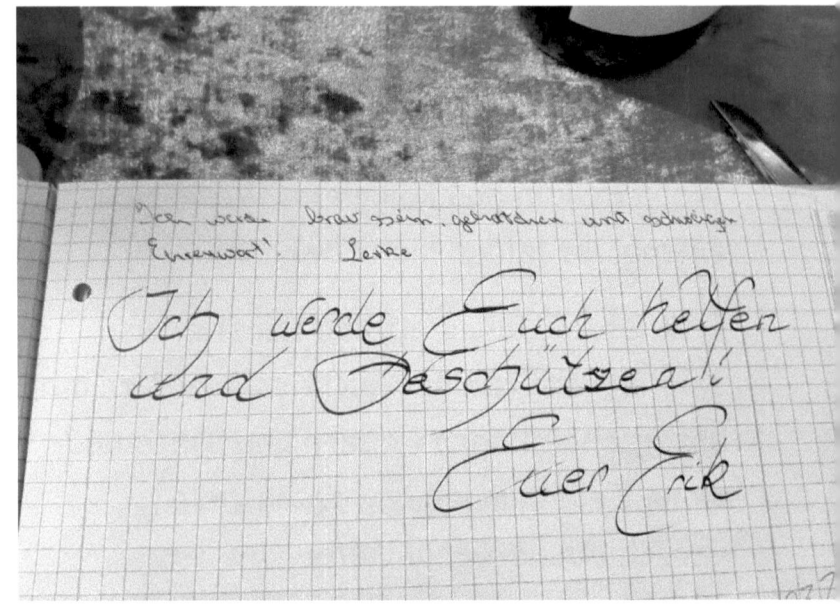

Einträge von Levke und Erik

Erste „Innen-Erkenntnisse"

Nach für nach öffnen sich tatsächlich
einige Anteile und treten mit „Vase" in

Kontakt. Jeder einzelne des Systems trägt einen Namen und charakterisiert sich durch individuelle Merkmale. Nichts von dem wurde von „Vase" so gewählt, all das ist von Anfang an so gegeben.

Dass ich in diesem Buch Namen und Charaktere oder Funktionen einiger Anteile beschreiben darf, geschieht nach Rücksprache und eindeutiger Zustimmung. Diejenigen, die dem nicht zustimmen, werden nur in einem Rahmen genannt, den sie selbst zulassen.

Die Erkenntnis, die ich bereits gewinnen konnte, ist, dass es einen tiefgründigen Sinn für das Erscheinen der Anteile gibt. Dass ein jeder der Anteile eine wichtige Rolle in „Vases" leben spielte und weiterhin spielt. Die Persönlichkeitsanteile unterscheiden sich durch verschiedene Bedürfnisse, Eigenschaften und Handlungsweisen. So gibt es also einige unter ihnen, die sich regelmäßig melden oder „Zeigen" und andere, zu denen es unter Umständen niemals einen Zugang geben werden kann.

Manche Anteile nutzen während ihrer „aktiven Zeiten" „Vases" Körper und beanspruchen diesen dann auch für sich allein. Dieses führt zu einer einzig logischen Erklärung der immer häufiger werdenden Erschöpfungszustände. Diese Persönlichkeitsanteile drängen „Vase" in ihrer aktiven Zeit in den Hintergrund, um allein nach Außen treten zu können. Diese völlige Besitznahme erklärt darüber hinaus auch die fehlenden Erinnerungen und Zeitlücken.

Bild von Erik im Januar 2014

Emine

Emine ist 15 Jahre alt. Sie bekennt sich offen als Mitglied der Gothic-Szene und trägt ausschließlich schwarze Kleidung.

Emines Bilder sind sehr phantasievoll, zum Teil auch sehr verworren. Sie zeichnet für ihr Leben gerne und versucht, Botschaften in ihre Bilder einzubringen.

Emine lehnt Menschen des männlichen Geschlechts rigoros ab! In deren Anwesenheit gerät sie sehr schnell in panische Situationen. Sie selbst sagt, dass es Männer gibt, die ihr „Verletzungsbefehle" geben und sie zwingen, diese auch auszuführen. Daher geht Emine – wie auch Jacky – mit körperlichem Schmerz anders um. Auch für sie ist der Schmerz ein nicht wegzudenkender Teil ihres Lebens.

Hey, endlich klappt das Schreiben
wieder! Nach dem guten Anfang in
2 Büchern hab ich 4 weitere ver-
nichtet! Passt doch bitte ein
bisschen besser auf.
⟶ traue niemanden, die
sind doch alle gleich!

That death does wait,
there is no debate
so charge and attack
going to Hell and back...

Einträge von Emine

Fähigkeiten

„Vases" Fähigkeiten sind nicht gerade in besonderer Form hervorzuheben. Schulabschluss, Ausbildung, Zusatzqualifikationen – das, was die Gesellschaft erwartet. Sie ist nicht sonderlich musikalisch und handwerklich absolut unbegabt. Sportlich war sie schon immer und ihre künstlerischen Fähigkeiten sind „normal". In Hand- und Bastelarbeiten gilt sie als recht kreativ.

Und genau das, stellt ihr manches Mal große Rätsel: Sie findet kunstvoll gestaltete Bilder, sie spielt Geige und andere Instrumente und versteht und spricht sogar Sprachen, die ihr eigentlich gar nicht geläufig sind. Und so wie sie heute über diese genannten Fähigkeiten verfügt, sind sie ihr schon morgen völlig

fremd. Heute sieht sie ihr eigenes
Spiegelbild und schon morgen erkennt sie
die Frau im Spiegel nicht...

Eintrag von Mareijke

*„Die Verzweiflung schickt Gott uns nicht,
um uns zu töten.*

*Er schickt sie uns, um neues Leben in uns
zu erwecken.!*

Hermann Hesse, aus „Das Glasperlenspiel"

Vrees

Im Zuge der Innenkommunikation beginnt Jacky die Kleinen, die selbst nicht in der Lage sind, zu beschreiben:

Vrees ist zwei Jahre alt. Ihr wird es niemals möglich sein, mitzuteilen, wann und warum sie in das „Körper-Haus" einzog. Sie benötigt mehr Hilfe und Zuwendung als ein „normales Kind" ihres

Alters, denn sie ist geistig stark beeinträchtigt. Mit der Diagnose „Cerebralparese" wird sie keine „normale" Entwicklung durchleben können. Lillith erklärt, dass die Schädigung ihres kleinen Gehirns von außen zugefügt wurde.

Vreen ist körperlich sehr geschwächt und erkrankt sehr häufig an Nierenentzündungen.

Elmo

Elmo wurde direkt nach seiner Geburt getötet.

Violence

Violence ist ein vierjähriger, sehr aufgeschlossener Junge, der gern in Bildern ausdrückt, was er sagen möchte, Als Violence im „Körper-Haus" einzog, war „Vase" ebenfalls viel Jahre alt. Am liebsten spielt und tobt er draußen in Wäldern und auf Feldern. Hier darf er sich auslassen und laut sein, ohne Strafen befürchten zu müssen.

Noch geheim

Jeden Tag aufs Neue muss „Vase" enorme Fähigkeiten und Kräfte aufbringen, um ihren Alltag „unbemerkt" zu bewältigen. Und immer wieder finden dennoch Persönlichkeitsanteile wie Jacky, Kassy und andere kleine Schlupflöcher, um nach außen zu gelangen. Sie wollen raus, sich bemerkbar machen – sie wollen Hilfe!

Jacky ist die erste, die den Versuch startet, sich während einer Therapiestunde Gehör zu verschaffen. „Vases" Bemühungen, ihre Innenanteile geheim zu halten, geraten ins Wanken. Die dunkle Anteilseite liegt auf der Lauer und ist bereits, sich für den Machtkampf zu rüsten.

„Vase" ahnt, dass ein Erkennen von außen fatale Folgen haben wird und ist sehr erleichtert, das Jacky von ihrer Therapeutin NOCH nicht erkannt wurde.

Eintrag von Mauvais

Die dunkle Seite des Inneren

Aus Sicherheitsgründen werden die Beschreibungen kurz und knapp zusammengefasst. Das Beschreiben geschieht OHNE Einverständnis.

Karl

Karls Alter ist niemandem bekannt und auch nur sehr schwer einschätzbar. Er hat als „Meister" die Macht über alles Innen und Außen und lebt in zwei voneinander getrennten Hüllen. Er ist Machthaber, Befehlsgeber, Vollstrecker und Meister.

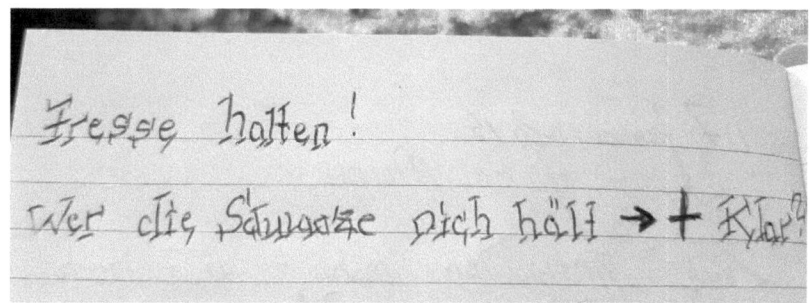

Dagma

Dagma ist 40 Jahre alt und die Partnerin und Verbündete des Meisters. Sie ist ihm unterworfen und stets gehorsam. Ihre Funktionen sind Bestrafung, Vollstreckung und Kontrolle.

Ha, konnt ich nicht kennen lernen? Kein Problem! Ihr
werdet mich noch kennen
lösen, wenn ihr die
Fakten ... - Gnade
euch Gott!
Dagma

Erwin

Erwin ist 25 Jahre alt und ein guter
Freund von Dagma und Karl. Er ist Teil
eines ungewollten Spiels, aus dem ein
Ausstieg unmöglich ist!

Holger

Holger ist mit 18 Jahren der Jüngste auf
der düsteren Seite. Man sagt, er habe
sich in einem Kellerraum selbst erhängt.

Sein von der Decke hängender Torso dient als Mahnmal!

Bild von?

Mauvais

Mauvais ist 21 Jahre alt und „dient" als Botschafter und Kontrolleur

Verrat

Um nun tatsächlich Hilfe bekommen zu
können, ist die Bereitschaft, sich zu
öffnen von höchster Wichtigkeit. Und das
ist für „Vase" nicht nur der schwerste
Schritt in ihrer Therapie, sondern auch
sehr gefährlich. Mit einem Verrat würde
sie die düstere Persönlichkeitsanteil -
Seite noch viel aktiver werden lassen! Und
wie wird dann ihre Therapeutin reagieren?
„Vases" Geschichte ist doch nun wirklich
so unglaubwürdig, da sie auf dem
Fundament einer regen Phantasie gebaut
wurde. Außerdem wird „Vase" sowieso
keine Worte für das, was in ihr geschieht,
finden können. Wie soll sie denn eine
Beschreibung für ihr inneres und äußeres
Chaos finden, wenn sie es nicht einmal für
sich selbst beschreiben kann?

Vielleicht wäre eine Offenbarung für alle wohlwollenden Anteile eine Befreiung, aber das Brechen der Schweigepflicht könnte auch das Gegenteil bewirken.

Und weiter geschehen die Dinge „ohne Vase", obgleich sie doch immer körperlich anwesend ist. Neue Zeitlücken entstehen und das Chaos wächst!

Eintrag von Kassy

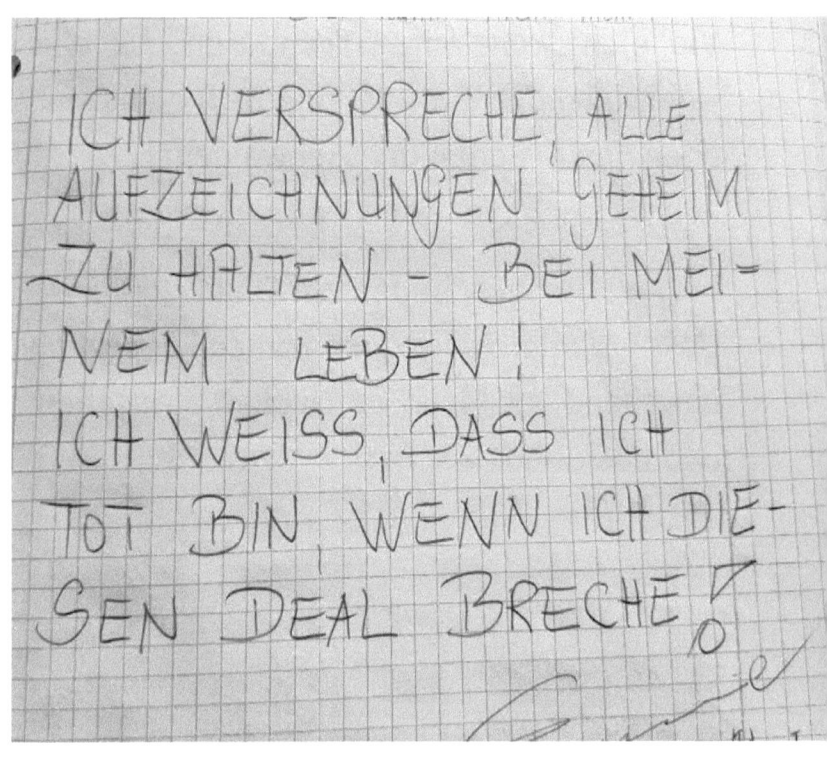

Eintrag von Emine

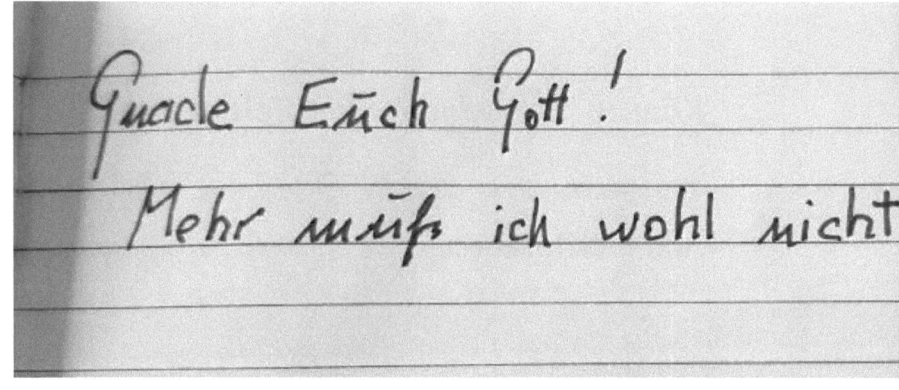

Eintrag von?

Erkannt

„Sind es eigentlich mehrere?"

        „Was mehrere?"

„Sind mehrere beteiligt?"

„Ja“

„Können Sie sagen, wie viele es sind?“

„Acht? Oder sechs? Ich weiß nicht genau!“

Erkannt, Erwischt…die Therapeutin hat sie erkannt, hat uns erkannt! PANIK! Schnell aufeinanderfolgende Fragen ließen keinen Platz, die Antworten gut zu durchdenken.

„Vase“ fühlt sich ertappt. Am liebsten würde sie im Erdboden versinken. Nun werden sich die Scherben ihrer Seele vor ihren Füßen ausbreiten und auch die Therapeutin wird diese zu Gesicht bekommen. Für ihren Zustand schämt sich „Vase“ zutiefst, zumal sie weiß, dass nur sie allein schuld daran trägt. Sie hätte doch so vieles verhindern können…

Limo

Limo beschreibt sich selbst und bittet darum, dieses auch so zu übernehmen:

Gefunden im Ordner „Jugend"

Wachsenden Chaos

Von Stund an wird das Stimmengewirr lauter und intensiver. „Vase" ist kaum mehr in der Lage, sich über einen längeren Zeitraum konzentrieren zu können. Zeitweise fehlt es ihr sogar an kompletter Konzentrationsfähigkeit. Um im Alltag ihre Fassade wahren zu können, ist nun noch viel mehr Energie erforderlich. Erschöpfungszustände werden größer und häufiger und der Kopfschmerz hat bereits eine Dauerkarte. Der ihr fehlende Schlaf trägt dazu bei, dass „Vase" kaum mehr Erholungszeiten findet.

Immer wieder verschwinden Gegenstände des täglichen Gebrauchs, die sich irgendwann später an völlig dubiosen Plätzen wiederfinden. Manche Tage befindet „Vase" sich sogar an Orten, die ihr fremd sind und sie nicht einmal weiß, wie sie dort hingelangte. Ihr Handy ist nun mit Google-Maps verbunden, damit ihr Mann oder Sohn sie „orten" kann. So nimmt das innere und äußere Chaos weiter zu.

Selbst Einkäufe gestalten sich immer schwerer. Nicht nur das Warten in der Schlange an den Kassen löst in ihr Panik aus, nein auch Gerüche, Stimmen, Ähnlichkeiten und einiges mehr lassen unangenehme Emotionen erwachen, die sogar bis zur Ohnmacht führen. Zwischen ihren getätigten Einkäufen befinden sich immer wieder Artikel, die sie selbst nicht erworben hat. Aber die Kassenbelege quittieren die getätigten Käufe. Kleidung, besonders Kinderkleidung, Süßwaren, Spielzeuge und sogar Lebensmittel, die „Vase" überhaupt nicht essen mag gehören zu den mysteriösen Einkäufen.

Erschöpfung und Schmerzen bestimmen „Vases" Alltag immer mehr. Der soziale Rückzug scheint ihr die einzige Möglichkeit, um noch größeres Chaos zu vermeiden. Um die Käufe diverser Kleidung

erklären zu können, kauft „Vase" verschiedene Schaufensterpuppen: Baby, Kinder, Jugendliche und Erwachsene. Eine sonderbare Einrichtungs-Deko aber dennoch ihrem persönlichen Style angepasst.

Das größte Chaos verursacht allerdings die häufigen Leerzustände – als waren Geist und Körper voneinander getrennt.

Gefahr

Die nun angestrebte „Anteils-Therapie"
lässt gerade die dunklen
Persönlichkeitsanteile noch aktiver
werden. Einen Eingriff in ihre
Privatsphäre werden sie keinesfalls
dulden. Es folgen Drohungen und
bitterböse Eintragungen in den
Kommunikationsbüchern (die ich hier nicht
einfügen darf!). Durch heftige Eingriffe in
das gesamte System entsteht nicht nur
Angst sondern sogar ein
Vertrauensverlust der wohlwollenden
Anteile.

Das frau W einige von uns
erwischt habt fiende ich gahr nicht
tol. Die färät uns bestimmt! ich
kenne die nit und die daf mich
auch nit kennen. auch kenne ich
auch ale nit.
Ich heise Falka und bin 11.

Eintrag von Falka

Ich passe schon auf, daß euch
kein Leid geschieht ...!

April

Eintrag von April

Das somit eingeschränkte oder fehlende Vertrauen hat zur Folge, dass sich einige Anteile, unter anderem auch Jacky von „Vase" abwenden.

Wie unter Hypnose spürt „Vase" den Sog, der sie in die untersten Räume des „Körper-Hauses" zieht. Und wie durch fremde Hand gesteuert fällt sie in altbekannte Funktionalitäten, während sich der wohlwollende Teil Schutzbarrieren baut!

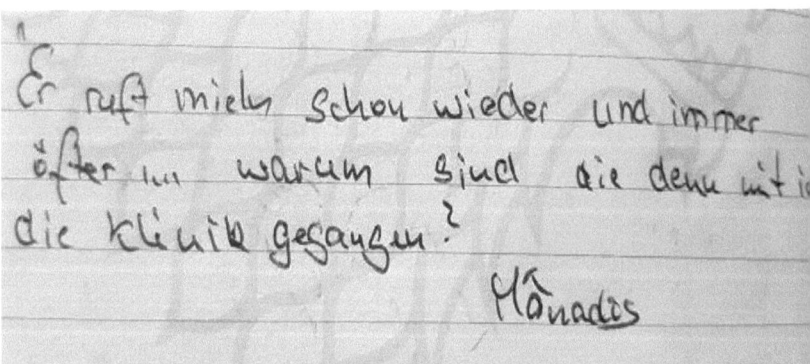

Er ruft mich schon wieder und immer öfter ... warum sind die denn mit ... die Klinik gegangen?

Manadis

Eintrag von Manadis

„Vase" beginnt zu zweifeln, ob sie mit dem Beginn der Therapie die richtige Entscheidung getroffen hat. Sie ist sich sicher, dass die Erforschung ihres Innenlebens weiter und größere Gefahren auslösen wird.

Nun wird ihr auch ihre Abhängigkeit von Therapeuten bewusst. Ihre Situation ist ihr schon peinlich genug, aber sich in therapeutischer Abhängigkeit zu wissen, treibt die Scham voran.

Quento

Quento ist 11 Jahre alt und Kassys bester Freund. Sie teilen sich ein Zimmer und verbringen viel Zeit miteinander.

Quento ist ein phantastischer Fußballspieler und wünscht sich nichts sehnlicher, als einmal in einem Bundesligaverein spielen zu können. Am liebsten wäre er bei der SG Eintracht Frankfurt.

Quento findet Mädchen doof und wenn er schreibt nutzt er eine seltsame Technik. Er schreibt in Druckbuchstaben in senkrechter Anordnung.

Drohungen

Täglich kontrolliert „Vase" ihre Bücher auf neue Eintragungen. Und immer wieder findet sie unbekannte Schriften, die sie sich nicht erklären kann.

Dass sie auch einmal Einträge bedrohlicher Art finden wird, das hätte sie nicht zu glauben gewagt. Doch heute findet sie einen Text,
der den Tod droht, falls den Befehlen nicht Folge geleistet wird!

Einige ihrer Anteile haben sie diesbezüglich schon häufig gewarnt, aber sie hat es immer nur als „Blödsinn" abgetan oder gar ignoriert. Nun liest sie genau das, wovor sie oft genug gewarnt wurde. Drohungen, die ihr eigenes Ableben zur Folge haben können.

Bild von Jacky im Jahr 2017

Jemand in ihrem „Körper-Haus" trachtet
also nach ihrem Leben. Sicher trägt
„Vase" seit ihrem 14 Lebensjahr hin und
wieder suizidale Gedanken, aber

Drohungen, die sie ihr Leben kosten können…

Für „Vase" wird es nun von großer Wichtigkeit, herauszufinden, wer in ihr „lebt" und wie sich deren Dasein gestaltet. Sie muss unbedingt ergründen, welche Funktionen jeder einzelne von ihnen hat.

„Vases" Therapeutin und Therapeut versuchen nun, ihre Situation zu erfassen. Gemeinsam erarbeiten sie Protokolle, Pläne, hilfreiche Skills und das weitere Therapievorgehen.

Mareijke und die anderen

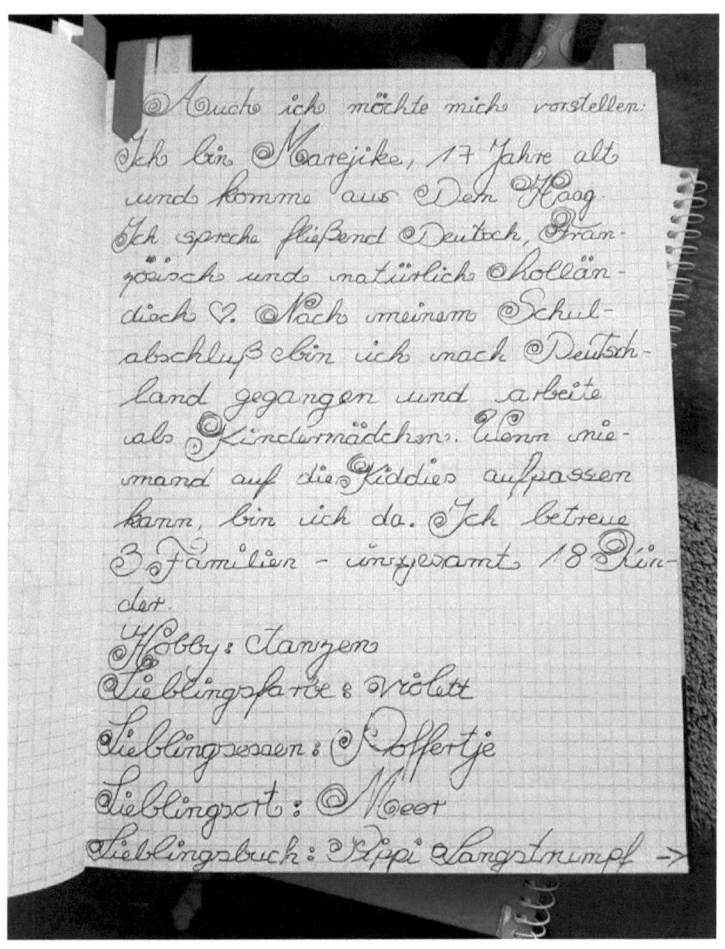

Auch ich möchte mich vorstellen:
Ich bin Mareijke, 17 Jahre alt
und komme aus Den Haag
Ich spreche fließend Deutsch, Französisch und natürlich Holländisch ♡. Nach meinem Schulabschluß bin ich nach Deutschland gegangen und arbeite
als Kindermädchen. Wenn niemand auf die Kiddies aufpassen
kann, bin ich da. Ich betreue
3 Familien - insgesamt 18 Kinder.
Hobby: tanzen
Lieblingsfarbe: violett
Lieblingsessen: Poffertje
Lieblingsort: Meer
Lieblingsbuch: Pippi Langstrumpf →

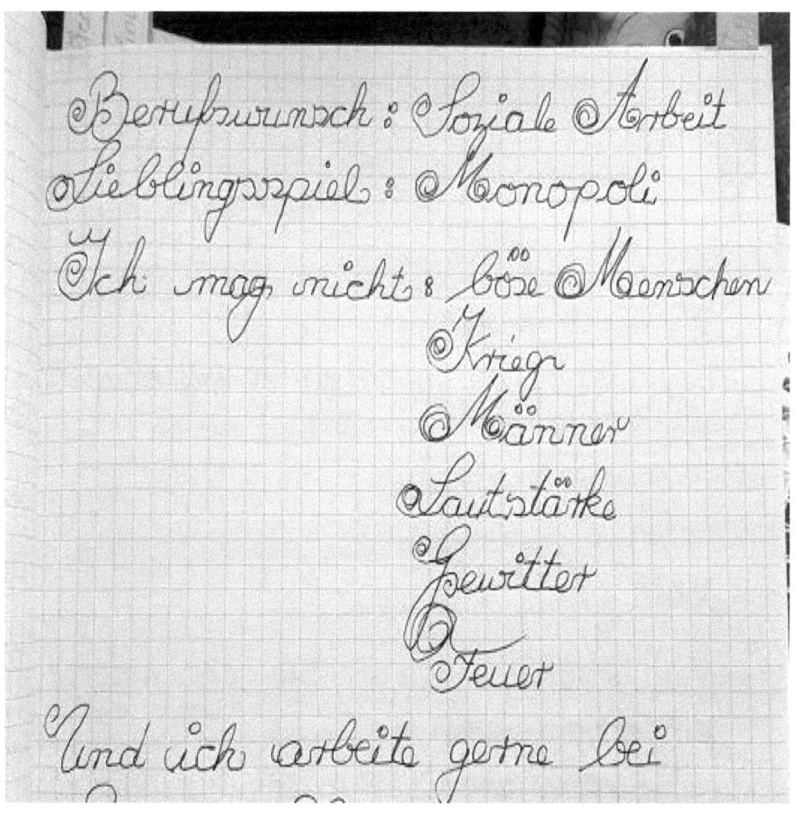

Berufswunsch: Soziale Arbeit
Lieblingsspiel: Monopoli
Ich mag nicht: böse Menschen
                  Kriege
                  Männer
                  Lautstärke
                  Gewitter
                  Feuer
Und ich arbeite gerne bei

Merle

Merle ist acht Jahre alt und war lange
Zeit verschwunden. Seit November 2017
hat sie wieder ihren Platz im „Körper-

Haus" eingenommen. Lillith sagt, dass Merle vor vielen Jahren ganz plötzlich verstarb und nun zu „neuem Leben erwachte".

Layla

Layla ist 16 und möchte hier weiter nicht vorgestellt werden.

Vain

Vain ist drei Jahre alt. Sie geht in den Kindergarten, wo sie regelmäßig lange Zeit in der Besenkammer verbringen muss. Vain spielt nur sehr ungern mit anderen Kindern und wird von ihrer Kindergärtnerin nicht gemocht.

Chris

Chris ist ein zwölfjähriges, ordentliches und gehorsames Mädchen. Alle ihr aufgetragenen Arbeiten führt sie pflichtbewusst aus. Chris kann nicht nachvollziehen, warum die Anderen so große Angst haben. Sie selbst wird stets beschützt und lernt Gefahren somit niemals kennen.

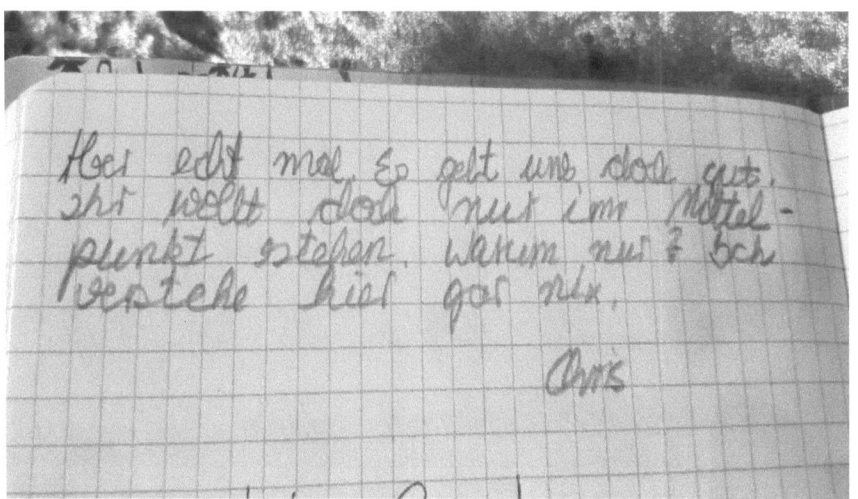

Eintrag von Chris

Lotte

Lotte ist fünf Jahre alt und geistig stark beeinträchtigt, daher ist eine persönliche Vorstellung für sie unmöglich. Sie bittet um Aufnahme ihres Bildes:

Bild von Lotte

Jule

Kassy

Kassy ist 10 Jahre alt und Quentos bester Freund. Auch er ist ein guter Fußballspieler und träumt von der Bundesliga. Sein Lieblingsverein ist der VfB Stuttgart.

Als „Vases" Sohn noch klein war, war Kassy oft ein guter Spielkamerad. „Vase" selbst sah Kassy als einen Phantasiegefährten ihres Sohnes an. Dass er allerdings Teil ihrer eigenen Persönlichkeit war, von dem ihr Sohn stets freudig erzählte, wird ihr erst im Laufe der „Anteils-Therapie" bewusst.

Tear und Liam

Tear und Liam sind Zwillinge und kommen aus London. Sie sind sieben Jahre alt und sprechen fließend Englisch und Deutsch. Viele Informationen gibt es nicht. Sicher aber ist, dass die Tear ein sehr verängstigtes Mädchen ist, während ihr Bruder möglichst nichts an sich herankommen lässt und überwiegend zurückgezogen lebt.

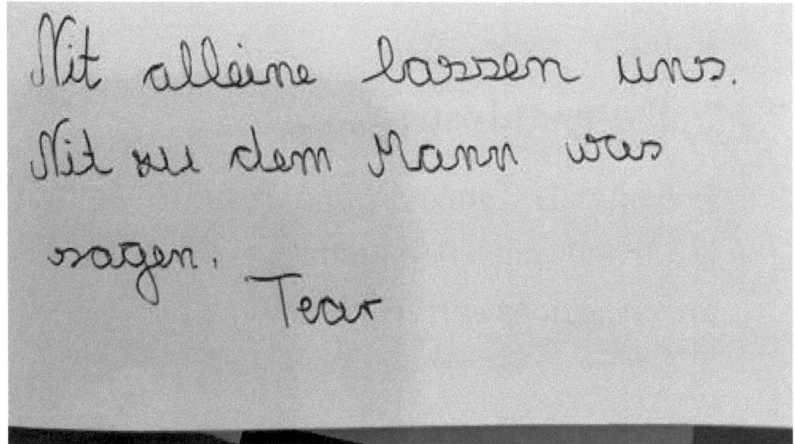

Eintrag von Tear

Levke

Levke ist 19 Jahre alt und übernimmt eine höchst wichtige Funktion im „Körper-Haus": Sie fängt alle Emotionen ab, bevor diese für „Vase" gefährlich werden können. Dank Levkes Hilfe gelingt es „Vase" fast alle Emotionen abzustellen und nicht mehr zuzulassen. Es gelingt ihr sogar, „Vase" alle existierenden Emotionen vergessen zu lassen.

Falka und Josue

Falka ist 11 Jahre alt und Josue15. Beide Mädchen wünschen keine Informationsweitergabe!

Elias

Elias ist 16 Jahre alt!

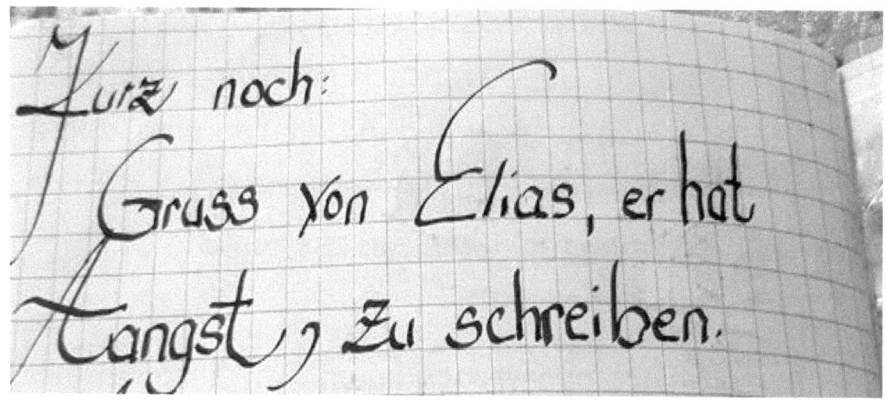

Eintrag von Erik

Marie, Ella und Fee

Marie, Ella und Fee sind „alterslos" und möchten sich an öffentlichen Vorstellungen nicht beteiligen.

Amaro

Amaro ist 30 Jahre alt. Er beschreibt sich selbst als „Beschützer". Nach „Vases" erstem Suizidversuch im Jahr 1979, bei dem Inka freiwillig in den Tod ging, zog er im „Körper-Haus" ein, beobachtet sehr aufmerksam alles Geschehen und warnt vor Gefahren.

Amaro nimmt sich kaum Zeit für sich selbst, da er stets wachsam ganz besonders das „Treiben im Keller" beobachtet.

Eine der ersten Anteile war **Lillith**. Allerdings kann und darf sie als Beobachter niemals in Geschehnisse eingreifen. Aber dennoch hat Lillith die wichtigste Funktion im System des

Innenteams. Sie trägt die Verantwortung, „Vases" Seele zu schützen und „erschafft" somit immer wieder „neue Anteile", die an „Vases" Stelle Pein und Qualen aushalten. Somit kennt Lillith jeden wohlwollenden Anteil sehr genau. Zu Beginn agierten die Anteile völlig unabhängig voneinander und trugen dazu bei, alle „Grausamkeiten" auszuhalten und zu überleben.

Manadis und Moira

Es gibt Anteile im Großen „Körperhaus", die willenlos funktionieren. Manadis und Moira wurden nicht von Lillith „erschaffen"- sie wurden geplant und gerufen. Die Mädchen sagen auch nicht, dass die Manadis oder Moira heißen, sondern so gerufen werden.

Manadis ist 16 Jahre alt, über das Alter Moiras gibt es keine Informationen. Beide sind Karl völlig unterworfen und leben im „Körper-Haus", um Pein zu erdulden und zeremoniellen Diensten zur Verfügung zu stehen.

Manadis und Moira müssen bedingungslos und unabhängig voneinander auf Zuruf und Kommando funktionieren. Sie reagieren weder auf Schmerz noch auf andere Reize und kennen weder Scham noch Schuld. In ihrem Martyrium wechseln sie sich ab. Wenn eine nicht mehr aushalten kann, lässt sie sich nach Hinten fallen, während die andere blitzschnell nach vorne schießt und den restlichen Part übernimmt. Die Anwesenheit der Mädchen ist grundsätzlich zeitversetzt.

Inka

Inkas Alter ist unbekannt. Im Jahr 1979 ging sie freiwillig nach einem Verkehrsunfall in den Tod. Seit 2018 ist auch sie wieder da und übernimmt alle Aufgaben, die den Tod zur Folge haben könnten.

Weitere dunkle Anteile, die KEINE Informationen geben

Stone, 33, männlich

Alim, 23, männlich

Corax, 16, männlich

Herba, 37, weiblich

Ajnos, 43, weiblich

Lillith gibt eine Auflistung derer Anteile, die namentlich genannt werden dürfen, aber außer Alter und Geschlecht KEINE Informationen in die Öffentlichkeit geben.

Und schon habe ich das erste Problem: den Zettel, den ich mit den Notizen über weitere wohlwollende Anteile bekam, ist verschwunden. Über Tage war diese Information unauffindbar und heute liegt er, unverändert und unzerstört vor mir auf dem Tisch.

Beate, 7, weiblich

Kindless, 5, geschlechtslos

Hamte, 9, weiblich

Dalina, 12, weiblich

Frieda, 58, weiblich

Vicky, 40, weiblich

Friday, 15, männlich

Rachelos, 23, männlich

Fleur, 20, weiblich

Down, 13, geschlechtslos

Geli, 17, weiblich

Elke, 19, weiblich

Tommes, 3, männlich

Michel, 10, männlich

Conny, 21, weiblich

Nicky, 17, männlich

Hulp, 35, männlich

Samedi, 13, weiblich

Lykke, 16, weiblich

Tristo, 8, männlich

Fessi, 2, weiblich

Agota, 2, weiblich

Lily, ohne Alter, weiblich

Fiora, 1, weiblich

Angelo, 4, geschlechtslos

All die Namen stehen in dieser Notiz, die ich von Lillith bekam.

Inanna

Inanna ist, kurz gesagt, Lilliths Gefährtin. Mehr Informationen habe ich auch hier leider nicht.

Bild von Levke

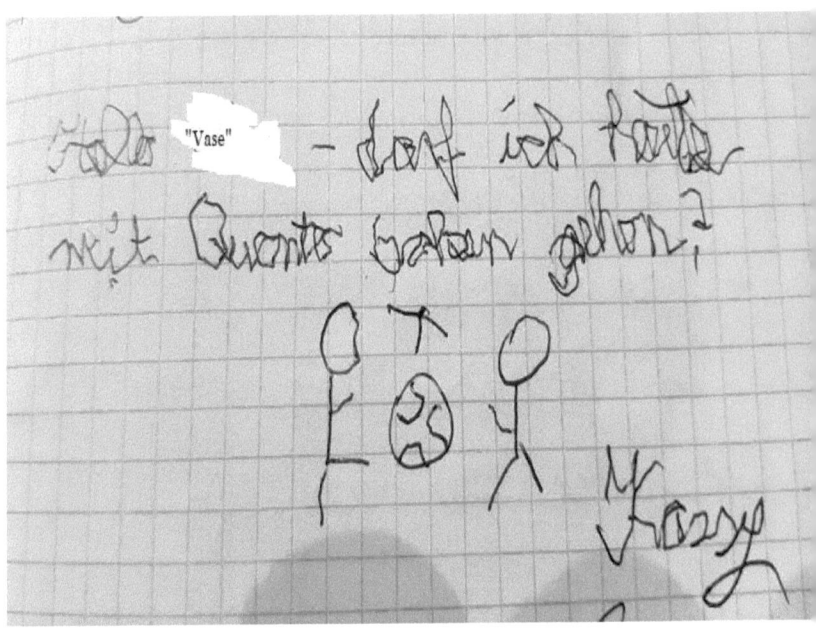

Eintrag von Kassy

Verlorene Jahre

Viele Jahre gehen ins Land. Heute ist
„Vase" 55 Jahre alt und es fällt ihr

schwer, zu begreifen, so schnell „gealtert" zu sein. Für sie ist Zeit ein kaum definierbarer Begriff. Die Summe aller Erinnerungslücken beträgt wohl einige Jahre.

Ihr Leben lebte „Vase" stets gut organisiert. Ohne eine klare Planung wäre ihr Dasein in die Irre gelaufen. Ihre Welt scheint stets gut strukturiert, dennoch stahlen Anteile ihr allzu oft Zeit und Kontrolle.

Wie sie privat und beruflich tatsächlich erfolgreich werden konnte, ist ihr ein Rätsel.

Mit dem nach außen treten ihres inneren Chaos werden für sie therapeutische Maßnahmen zwingend erforderlich. Zeitlücken müssen geschlossen und ihr Leben somit neu strukturiert werden. Und zu Beginn ihrer Therapie überwiegt die Angst, sich einzulassen und zu vertrauen.

Therapie und Erfolge

„Vase" erhält seit nunmehr sechs Jahren professionelle Hilfe und überwindet sogar die Hürde, einem männlichen Therapeuten Vertrauen zu schenken. Sie wird noch eine sehr lange Zeit benötigen, ihr Leben innen und außen zu begreifen und als Ganzes anzunehmen und sich somit neuem Leben gegenüber zu öffnen.

Ihre Vergangenheit wird sie ein Leben lang begleiten, sich davon gänzlich zu befreien ist unmöglich. Aber sie wird lernen, die „Brutalität der Vergangenheit" zu verarbeiten und „ad Acta" zu legen, um dann bewusst im Hier und Jetzt leben zu können. Auch ihre Persönlichkeitsanteile werden sie ihr Leben lang begleiten – nicht mehr so präsent, aber sie werden immer da sein, denn irgendwann wird eine gute Kooperation möglich.

Noch steht sie relativ am Anfang ihrer Innenkommunikation. Doch sie spürt immer größere Bereitschaft, dieses „Projekt" wachsen zu lassen.

Stimmen und Anteile werden bleiben aber von Verbindungen zu ihrem früheren Leben und von Menschen, die ihr schädlich zugetan sind, wird sie sich einst trennen können – nach für nach!

Ihren Waschzwang hat sie mal mehr und mal weniger unter Kontrolle und auch das

Verhalten, welches zu Selbstverletzungen führt, ist immer häufiger kontrollierbar.

Vielleicht- bestimmt wird es Zeiten geben, in denen sie Rückschritte verbuchen muss und sie das Gefühl bekommen wird, wieder sehr tief zu fallen. Dennoch ist ihr bewusst, dass der Fall nicht mehr in die endgültige Tiefe gehen kann und sie auch den Weg einmal rückwärts gehen muss.

DANKE

Heute möchte ich fünf Menschen ganz besonderen Dank aussprechen, denn ohne sie hätte ich diese, für mich schon riesigen, Schritte nicht gehen können!

Die Reihenfolge bei der Benennung spielt keine Rolle. Mein Dank und meine Wertschätzung sind von keiner Skala abhängig!

Ich danke

Meinem Mann, dass er viele Jahre aushalten musste, die für ihn sicher absolut unverständlich waren. Danke für deine Geduld und Deine Unterstützung!

Meinem Sohn dafür, dass es ihn gibt, dass er mir niemals Kummer machte, er hilfreich hinter mir steht und mir seine Liebe täglich zum Ausdruck bringt. Ich danke Dir, als Mutter war und bin ich sicher allzu oft sehr anstrengend!

Meiner Schwester, die mir Halt, Mut, Hoffnung und Kraft gibt. Ich hab Dich lieb, Schwesterherz! Danke, dass wir füreinander da sein dürfen!

Meiner Therapeutin Frau W. und meinem Therapeuten Herrn M. für die unendliche Geduld mit mir. Ohne Sie wäre ich heute nicht dort,

wo ich jetzt bin. Ich hätte niemals Bücher geschrieben oder mein Leben in die Hand genommen. Sie sind beide nicht mit Gold aufzuwiegen. Danke für die unsagbar gute und professionelle Hilfe.

Ausschnitte, Bilder, Einblicke...

Bild von?

Gefunden im Ordner „Jugend"

146

Eintrag von Kassy

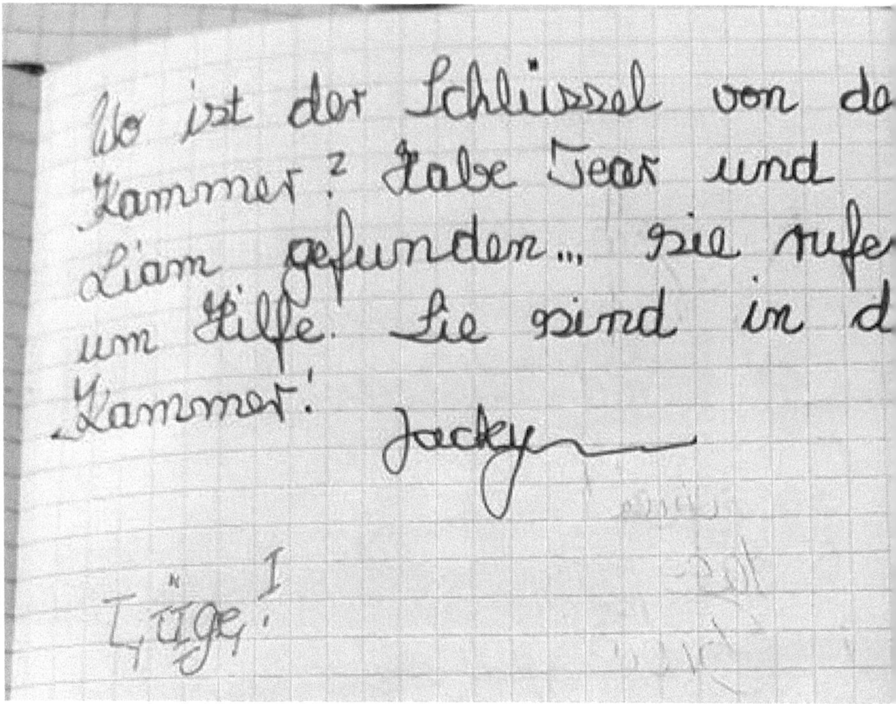

Wo ist der Schlüssel von da Kammer? Habe Jean und Liam gefunden... sie rufe um Hilfe. Sie sind in d Kammer!

Jacky

T„age! I

Eintrag von Jacky mit Antwort von Karl

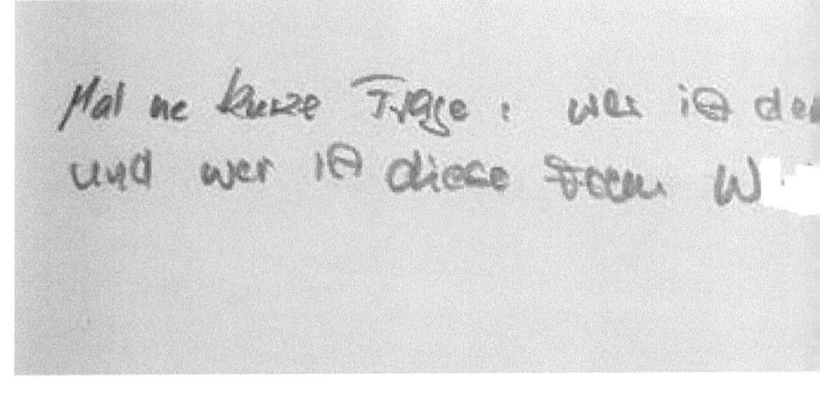

Eintrag von Chris

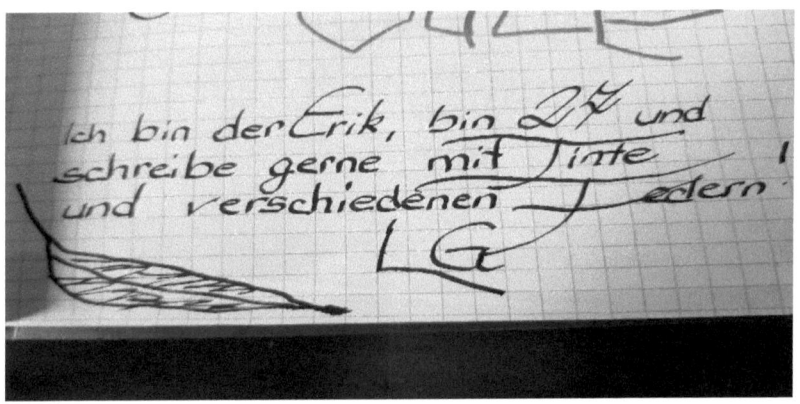

Eintrag von Erik

..., habe ich es nicht schon immer gesagt:
wir sollen weg! Herr █████ sagt es doch
selbst auch: 'unser Dasein nicht verraten'
Also Vorsicht, auch hier will man uns
nur los werden!
                        Levke

Eintrag von Levke

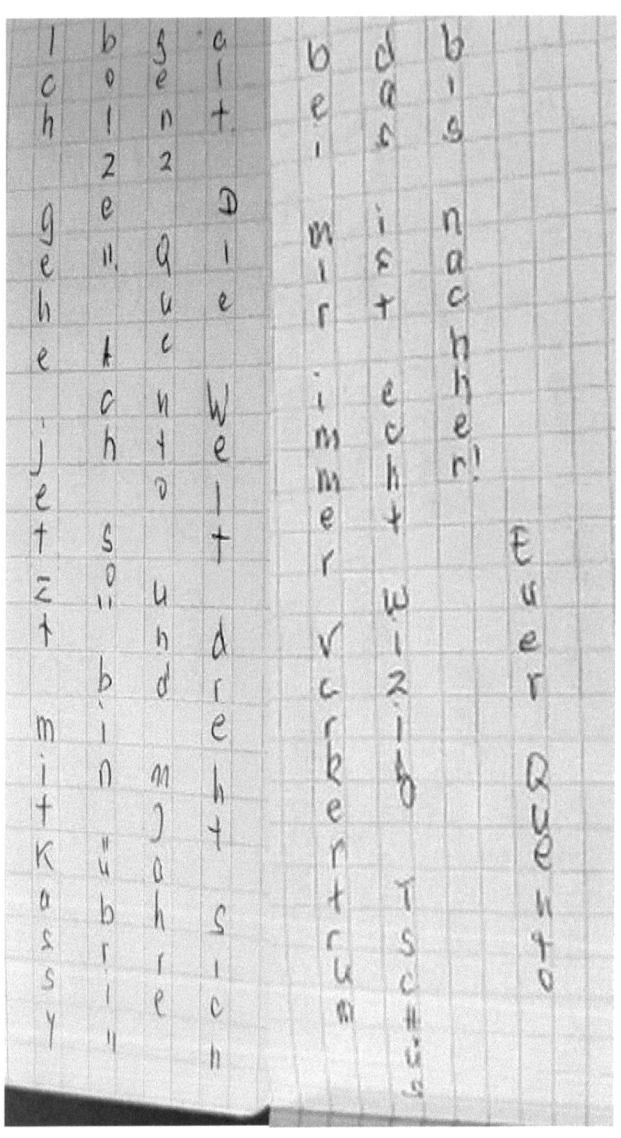

Ich gehe jetzt mit Kassy bolzen ... genau ... alt. Die Welt dreht sich bei mir immer verkehrtrum das ist echt witzig Tschüß bis nachher!

Euer Quento

Eintrag von Quento

Bild von Lillith

Vase

153

Bilder von Emine

„Du hast deine Kindheit vergessen, aus den Tiefen deiner Seele wirbt sie um dich.

Sie wird dich so lange Leiden machen, bis du sie anhörst."

Hermann Hesse, aus „Narziß und Goldmund"

155